U0153525

李國修
戲劇作品集 **12**
Collected Plays of Hugh K.S. Lee

西出陽關

西出陽關　目錄

序

西出陽關

附錄

序

創意達人李國修的創造力歷程

吳靜吉

政大創造力講座主持人／名譽教授

李國修劇作集系列套書終於在引頸期盼下出版了。

累積二十六年創作及其演出的作品,在整個世界尤其是華人社會特別重視創意、創新和創業精神的創造力之今天,意義非凡。每一部作品都是從創意的發想啟動然後創新實踐地完成劇本寫作,而每一齣戲的製作演出都是創新的冒險,必需經過觀眾、票房和劇評家的重重考驗。在一個多數決策者、社會菁英和一般民眾,並沒有把觀賞舞台劇表演當作文化認同的養份之台灣,考驗更難、冒險更大。

李國修構思屏風表演班創團經營二十六年至今,我們可以從他作品中感同身受他創業的酸甜苦辣,所以他說:「一個戲班子在舞台上搬演一齣戲,戲裡戲外都在反映戲台下的人生即景。我喜歡在舞台上藉一個戲班子的故事影射台灣這個社會;我偏好『戲中戲』的題材,因為我始終認為舞台上戲班子的人情世故就是這個時代的縮影。」

李國修是一個創意無限、執行力強的劇作家，每一個劇本的演出，他同時扮演導演和劇團領導人等等的多重角色，和歐、美、日、中、韓不必扮演多重角色的劇作家不同，他卻能在二十六年內完成二十七部劇作而且部部呈現在觀眾眼前。這樣的創作流暢力真的是奇蹟，他每一部作品都是獨創而有意義的創意構思，以《京戲啟示錄》為例，他可以流暢地創意組合「一位堅持做手工戲靴的父親。一個亂世中企圖重振頹勢的戲班子。一段探索父子、傳承、戲劇與人生，令人神往的故事。」這麼多複雜元素的創意組合，他卻成功地將故事敘說得合情合理，令觀眾感同身受而流淚、回憶反思而讚嘆。

李國修的作品都能夠重新詮釋自己成長記憶中的生命故事，選擇性地反映社會樣貌，他的自我反思、對社會的關懷、對戲劇的激情、理性和感性兼具的創作表現、對複雜元素的抽絲剝繭再統整發展的素養、舉一反三的學習能力、落實的想像力、忍得住創作的寂寞又能堅持原則、抗拒外在誘惑的毅力樣樣難能可貴，這樣的李國修就是研究創造力的學者專家所描述的創意人。

他戲劇的另外一個特色就是悲喜交集的故事發展，他的幽默和笑點的掌握、文字的運用、人物的刻劃和劇情的結構，我們也可以因此稱他為說故事的奇葩。

他的創作歷程體現了王國維在《人間詞話》中所謂古今之成大事業、大學問者，必經過三種之境界。

「昨夜西風凋碧樹。獨上高樓，望盡天涯路。」

「衣帶漸寬終不悔，為伊消得人憔悴。」

「眾裡尋他千百度，回頭驀見，那人正在燈火闌珊處。」

台灣戲劇的發展，急需更多的好劇本，只當劇作家很難生存，集編導於一身加上領導一個戲劇團體又能在二十六年中創造二十七部好劇本實在難上加難，但李國修做到了。希望這二十七部的劇作集能夠讓華語的戲劇界增添演出選擇的機會和戲劇教育中學習探究的教材。

經典堆疊起一座
如高牆的屏風

廖瑞銘

中山醫學大學台灣語文學系教授兼通識中心主任

　　「國修要出劇本全集了！」這是台灣現代劇場的盛事，也是文學史上的大事。二十六年來，屏風表演班每年發表一至二齣新作，建立「以戲養戲」的營運模式，2005 年以後，更以舊作做經典定目劇場的演出，為台灣現代劇場史創下許多傳奇的記錄——單一劇團演出總場次之多，累積觀眾人次之多，劇作重演次數之多，最重要的是集編導演於一身的單一劇作家創作量之多——這些記錄使屏風／李國修成為台灣劇場活動中的佼佼者。

　　李國修劇作從初期的小劇場實驗劇、小說改編的劇作發展到大劇場寫實劇，作品的題材、形式及風格都有不斷地突破與創新。總的來說，國修的劇作有以下幾項成就，這些成就堆疊起來一座如高牆的屏風，格局壯麗雄偉，戲劇風格辨識度極高，讓後來者很難超越，更無從模仿。

一、與時代同步發展，與觀眾沉浸在共同的歷史情境，關懷國族與土地。

李國修堅持原創實驗、本土庶民的創作精神，每一齣作品都是台灣現代人民生命歷史的記錄。早期「備忘錄系列」──《民國76備忘錄》、《民國78備忘錄》以年度時事做素材，「三人行不行系列」──《三人行不行I》、《三人行不行II─城市之慌》、《三人行不行III─OH！三岔口》、《三人行不行IV─長期玩命》、《三人行不行V─空城狀態》等，是從時事及城市現象觀察出發，講當代台灣人的政治、社會態度。《我妹妹》講眷村故事、《蟬》講六〇年代台北文藝青年、《女兒紅》及《京戲啟示錄》講經歷1949年國共變局的家族故事、《六義幫》回憶六〇年代中華商場的兒時情境、《西出陽關》講老兵的故事，《救國株式會社》諷刺台北的治安、媒體，《太平天國》講台灣人在世紀末的恐慌與焦慮。

二、創造戲劇角色典型，精確掌握人性。

李國修在每一齣戲都創造各式各樣的角色典型，藉著這些典型來鋪排人世間的親情、愛情與人情義理。這些典型的角色也都是你我生活週遭常見人物的寫照，像《三人行不行III─OH！三岔口》的郭父，是常見的台灣歐吉桑，講求實際利益、又有情有義；他的女婿Peter就是十足投機的年輕商人。《西出陽關》的老齊是戰後到台灣的老兵典型。《徵婚啟事》講到更多台灣寂寞男人的典型。創造這些角色典型，顯示國修對於人性掌握的精確、細微。

三、精巧建構「李氏戲劇結構學」，穿越時空。

李國修在每一齣劇本都附上獨特的場次、角色結構表，這可以說是他的獨門絕學——「李氏戲劇結構學」。這種精巧建構的「劇場結構」成就了李國修劇作的劇場形式不斷地實驗與創新，戲劇情節可以在不同的時空靈活流動、穿越，增加戲劇張力與敘事多樣性。

四、編導演一體成型的全方位戲劇藝術，劇本有畫面，是一座紙上舞台。

李國修劇作的另一個特色是「編導合一的戲劇創作觀」，他的劇本絕對不會是單純的書齋劇，每一本都具有劇場可演性，而且都是自己擔綱演出過。也因此，國修在劇作中不時表達他對劇場生態的關懷及經營劇團的甘苦經驗。像「風屏劇團系列」多次呈現經營劇團的困境；《徵婚啟事》也是鑲進「某劇團」的排演過程，以增加戲劇張力。

五、走出書齋，與觀眾同喜同悲，超越商業票房意義。

雖然屏風曾經有票房悽慘，甚至出現經營危機的時候，但是，大部份的演出都是有亮麗的票房記錄，說明李國修的劇作所具有的商業魅力。這種魅力更精確的解讀是，李國修每一齣劇作都能夠走出書齋，與觀眾同喜同悲。李國修隨時與觀眾做時代對話，即使是舊作重演，都一定要與時俱進的修改後，才推出演出。

六、多語言的戲劇美學，突顯台灣多元文化的特色。

因為每一齣戲都從實際生活中取材，創造不同的角色典型，李國修堅持讓角色自己說話，所以，在他的劇作中自然出現多語言的對白，有國語、閩南語、客語、山東話、上海話、英語、日語、香港廣東話、新加坡華語……等，不但使得劇中角色鮮活、增加戲劇趣味性，也無意中突顯了台灣多元文化的特色。

七、台灣文學與戲劇的交會，豐富台灣文學史的戲劇區塊。

李國修崛起於八〇年代中期，其戲劇作品一定程度反映了台灣的土地與人民，延展出的多面性與時代意義，不僅提供外省族群在台灣生活的觀察視角，也使作品成為帶有「本土化」色彩的另類歷史文本。尤其是李國修的作品相當程度擺脫了戰後台灣外省人文學常有的哀愁基調，相對展現出不同的意義格外值得我們重視。

將李國修的劇作放進台灣文學領域來觀察，可以為戲劇文學創作開創新的閱讀視野，值得一提的是，李國修曾經從三本不同時代的台灣小說作品——林懷民的《蟬》、陳玉慧的《徵婚啟事》及張大春的《我妹妹》——改編成舞台劇上演，創造了戰後台灣文學與戲劇的交會，同時豐富了台灣文學史的戲劇區塊。

李國修的作品曾經以戲劇文學的身份被放入台灣文學的領域來討論，並獲得肯定，在1997年以《三人行不行》系列作品獲頒第三屆巫永福文學獎，也因此使戲劇文學連帶受到重視，提昇了地位。如今，李國修出版劇作全集，充分展現了他在戲劇創作的質與量的驚人成就，可以當做台灣現代劇場運動的實踐成果，看到他在台灣劇場史的地位，也驚艷台灣戲劇文學的經典呈現。

手心會冒汗

李國修

自序

從來沒有人教我如何寫劇本

1986年10月6日，屏風表演班創建。

創團作品——《1812與某種演出》一齣肢體語言實驗劇，在我規劃與引導之下的集體創作。當時的社會環境與氛圍，小劇場創作必須有別於商業劇場，我也依循著前人的模式，自以為是地繼承了實驗劇場的精神。一、脫離一切戲劇形式（不在劇場裡說故事）。二、表達新的戲劇方法（簡約、抽象、或寫意的語言、肢體與主題）。三、過程大於結果（支離破碎的思想、浮光掠影的想像、漫無邊際的形式）。四、只要盡興（創作者自我滿足與集體自我陶醉）。

在實驗的大旗下，《1812與某種演出》首演五個場次，約五百人次觀賞，我確定沒有一個人看懂這齣戲。事實上它不是一齣戲，它由兩個部份組成。《1812》用柴可夫斯基〈1812序曲〉為背景音樂，以集體肢體演繹在城市裡有著一股壓抑著現代人生存的隱形暴力，讓人喘不過氣。《某種演出》採擷了三

個歷史殘篇——〈三娘教子〉、〈十八相送〉、〈十二金牌〉在同一時空壓縮並陳，旨在陳述城市中處處充滿不安的危機、殺機與轉機。

我必須承認，我有包袱，一開始我以為做劇場就該承接前人的使命——劇場是嚴肅的、劇場是深沈的、劇場是探索思想的殿堂、劇場是不能提供娛樂的殿堂、劇場是與觀眾鬥智的場域、劇場是不能做讓觀眾看得懂戲的場域、劇場是批判政治亂象的最後一塊淨土……於是，那個年代小劇場的作品內容多半都是嚴肅、沈悶、闡述思想、批判政治、嘲諷時事。有些作品內容甚至已經漫無主題，不知所云。是的，我也承接了這樣的包袱。

創團作品首演之後，我必須承認我很沮喪。我問自己，為什麼要在劇場做戲？為什麼要在劇場做一齣讓觀眾看不懂的戲？看著觀眾搖頭嘆息地走出劇場，我的心情是低落的、不安的、自責的……

我有勇氣寫劇本

在那個年代，我找不到一個劇本書寫格式的範例，也找不到關於編劇技巧的工具書，我只能硬著頭皮鼓足勇氣，走進書房攤開稿紙，寫了屏風第二回作品《婚前信行為》。我想像即將新婚的妻子在婚前去找他的前男友，最後一次求歡以結束這段難忘的戀情。不巧，前男友的老友來送喜帖，赫然發現他的新嫁娘也在現場。藉著這個作品，我試著向實驗劇場劃清界

線。我要說一個故事，我以為觀眾進劇場，至少他們可以看見一個故事，一個可能與他成長經歷有關的故事。但我承認我還有包袱，我似乎不由自主地在戲裡灌進了一點故作批判社會的主題。在故事中，我刻意讓準新娘在中途脫離劇情，硬逼兩位男主角對社會不公不義現象表態，演出因而暫停，劇情因此而停滯。

三個演員不能解決與本劇無關的社會亂象，最終他們還是回到劇情裡演完了他們的故事。《婚前信行為》發表之後，我依然忐忑不安，我知道，我的故事說的並不完整，劇中的角色並不真實可信。

其實我不擅長說故事

1982年～1984年，我在華視，小燕姐（張小燕）主持的《綜藝100》演短劇，也編劇，1985年，我與顧寶明合作《消遣劇場》綜藝節目，身兼短劇編導演，這樣的背景；是我在屏風創作喜劇的養分，有其優點也有缺點。

優點是，我的喜劇就是很好笑，我有瘋狂的想像力，我有許多荒謬的點子，我喜歡運用各種看似平淡無奇的元素重組成充滿趣味與諧謔的喜劇情境。缺點是，沒有深度，主題薄弱，人物缺少靈魂、思想、慾望甚至目標。屏風第三回作品《三人行不行I》、第五回作品《民國76備忘錄》、第六回作品《西出陽關》、第七回作品《沒有我的戲》、第九回作品《三人行不行II—城市之慌》、第十三回作品《民國78備忘錄》等，

在屏風創團的前三年，不難發現都是短劇集結的作品，他們共通點是——每一齣戲都沒有一個完整的故事。坦白說，我還不知道如何組織一個好故事，我還沒有能力說一個超過兩小時的長篇故事，創團前三年我只能發揮編導喜劇的專長，在小劇場裡搬演，也戲稱自己在小劇場裡練功。我練導演功，也練編劇功。在小劇場裡，我的導演調度處理過一面觀眾席，兩面觀眾席，三面觀眾席。在編劇部份，我不斷地探索喜劇的可能性，演員面對角色創造的最大極限。於是在一齣戲裡，一人飾演多角，成為我作品的特色，在編劇技巧的自我修練中，竟也無心插柳地走出自己的風格。

其中，最令我自豪的部份是——堅持原創。我認為選擇一個翻譯劇本演出，是便宜行事，是二手創作。我自信創作的素材就在身邊，就在自己腳踩著的這片土地上。

自由自在的飛

我是摩羯座，我很守法，我很守規則。做任何事之前，我總想知道規則是什麼？遊戲怎麼玩？在遊戲中的危險程度是什麼？遊樂場到底有多大？當我熟悉了整個遊樂場的環境，我玩遍了所有的遊戲，我深入瞭解了規則的原理之後，我成為最不守規則的人。我決定自闢一個遊樂場，建立起自己的規則，我邀請大家進入我的遊樂場展開一場驚奇的旅程。

我破壞了規則，建立自己的規則，在我的作品中，逐漸顯現我人格上這樣的特質。誰規定劇本創作，只能獨立成個

體？我硬是創作了《三人行不行》系列，第一～五集；風屏劇團系列，三部曲加李修國外傳《女兒紅》；誰規定在劇場的演出結束後，才能謝幕？我在《莎姆雷特》裡硬是把謝幕放在戲的開始。誰規定鏡框式的舞台就該墨守成規，框架成一個場景情境的場域，我在《六義幫》裡就要去除兩邊的翼幕，讓故事在舞台上任意穿梭。魔羯就是這樣──認識規則，遵守規則，破壞規則，建立自己的規則。目的只有一個字──「飛」！自由自在地飛！

小劇場是大劇場的上游

第十一回作品《半里長城》，是屏風創團兩年半之後，首度登上大劇場的作品。《半里長城》風屏劇團首部曲，這齣戲中戲裡有兩個故事，一是風屏劇團團員的分崩離析、兒女私情；一是呂不韋由商從政的稗官野史。劇本的結構原型部份靈感源自於《沒有我的戲》。兩齣風格、內容、形式完全不相同的作品，都是在演出進行過半之後，竟宣告全劇將正式開演。是的，我在小劇場練功，累積了我躍上大劇場創作的養分，我鍾情於小劇情的無拘無束，我想念在小劇場裡拼鬥的日子。

回憶起童年，記得在小學三年級，某一個週日，我好奇地拆開了一只鬧鐘，我想研究內部的機械構造究竟是什麼樣的零組件，可以讓分針、時針移動，還會響鈴？一個下午將近五個小時。最終，我無法組裝成原樣，桌子上多了一些小齒輪、彈簧片。我知道這只鬧鐘不會再響，第二天上學也足足遲到一

個小時。兩個禮拜之後，我再度拆開那只鬧鐘，我不相信它會毀在我的手裡。同樣也是五個小時，少年的我，才知道「皇天不負苦心人」這句話的真諦。鬧鐘復活了，只是響鈴的聲音比從前的音量低了一倍，我深深地憶起當時在組裝時手心不停地冒汗。

完成了《半里長城》裡的《萬里長城》劇本時，我知道我不會讓戲就這麼平鋪直述的演完，我不安分，我不守規則，我在書房裡，想像讓自己回到了小劇場，讓自己回到了童年，我要無拘無束，我要拆鬧鐘，我十分用力地拆解了《萬里長城》的劇本，重新組裝成情境喜劇《半里長城》。我努力地找到了自己編劇的方法，找到了自己說故事的方式，我越來越喜歡把簡單的人事景物情搞成複雜的結構，原來和我童年拆鬧鐘的個性相關。

什麼先行？

我深信一個好的戲劇作品，應該具備四個精神：一、對人心現象的呈現及反省。二、對人性的批判或闡揚。三、對人性的挖掘及程度。四、技巧與形式的講究。

在我面對每一個作品創作前，一定會有一個念頭閃過腦海——什麼先行？也可以說原始靈感來自何方？是感動？是一首歌？一幅畫？一種情境？……我的每一齣戲靈感來源都不盡相同，在創作每一齣戲隨著年歲閱歷的增長，所投入的情感也越加濃郁，從創作中也逐漸梳理出自己的信仰。每齣戲有了

靈感之後，會問自己兩個問題：一、為什麼要寫這齣戲？二、這齣戲跟這個時代有什麼關係？這幾年我更聚焦在作品裡呈現生命的故事……

述說生命的故事

1996年屏風十週年推出《京戲啟示錄》是我創作旅程中的轉捩點作品。平心而論，在《京》戲之前我的作品多是純屬虛構，純賴想像力完成的故事，直至四十而不惑的我，才驀然回首我的前半生，尤其在屏風那十年裡，我僅只是透過作品表達我對生活的看法及態度，也可以說那些作品故事鮮少涉及我自身成長經驗。

創立屏風後，我攜家帶眷、拉班走唱了十年，回首故往，泫然淚如雨下。原來，作劇場的那股拼鬥的傻勁，全是源自於我父親對我的影響，我感受到了那股傳承的精神與壓力。我坦然自省，我勇敢面對，懷著虔誠與虛心的態度，我認真地面對了「生命」，我開始意識到了生命的可貴、傳承的意義以及堅持地走自己的路是面對人生唯一的執著！在《京戲》劇本落筆之前，我哭掉了兩盒面紙，我也預知多年以後，我將為母親寫一個故事《女兒紅》。自《京戲啟示錄》以後，我也開始學會在舞台上更深刻地呈現生命的故事。

當我在組合鬧鐘，我相信鬧鐘會讓我修復的時候，我的手心會冒汗；當我落筆寫下讓我悸動不已的劇本時，我的手心也會不斷地冒汗。這些劇本是：《西出陽關》、《京戲啟示

錄》、《三人行不行IV─長期玩命》、《我妹妹》、《婚外信行為》、《北極之光》、《女兒紅》、《好色奇男子》、《六義幫》。

2013年，屏風表演班將邁入第二十七年，踏過了四分之一世紀。

感謝印刻協力集結了我二十七個劇本，將之付梓面世。

感謝父母給了我生命，

感謝王月、Sven、妹子和我的家人，

感謝吳靜吉、張小燕、林懷民、陳玉慧、張大春、

廖瑞銘、紀蔚然，

感謝指導、協助我創作的親朋好友，

感謝在我劇本裡出現的每一個人物。

如果你要問我，在這廿七個劇本裡，

你最滿意的作品是那一個？

我的回答，從來沒有改變過──

「我最滿意的作品是 下一個！」

西出陽關

西出陽關

S7 重逢
惠敏：……你回來幹啥？你不要回來！我當你死了就結了，你不要回來！

編導的話

庶民記憶

李國修

　　《女兒紅》裡，我記敘著父、母親倉皇逃難的畫面。父親把一家人陸續推上軍艦之後，共軍在後方追擊開炮，他慌了，但心想：「那船上邊是我的妻，我的兒女啊！」當下，他一股勁往兩層樓高的軍艦衝去，「登登登」不多不少就三步，他上了船，碼頭上還蜂湧著數萬個難民。

　　一位姓梁的親戚說他在海南島上船前，奉長官之令親手開槍掃射那群在碼頭上的難民們，然後軍艦就往台灣開去。這段國共會戰史中的小插曲被改編成《西出陽關》。

　　一艘軍艦，兩個故事。

　　「空間不存在，時間無意義。」是我從事多年各種題材編劇工程的深刻體悟。容或空間已不再是那具象的空間，容或時間是任誰也不能指繪的時間。在身體裡有一個部分是不佔據空間，也不被時間限制的是「記憶」──記憶過去！

　　一個城市的景觀，可以是一個文化的象徵、隱喻。我常在想，當我走進一座城市裡，要用什麼角度去觀看舉目所及的建

築物，用什麼心態去理解這一棟棟硬體建築背後深埋的文化符號。總統府、台北101、中正紀念堂可以是一個受眾人矚目、仰望的建築地標，在生活中無時不刻被我們深深的記錄著、注視著，但我們卻經常忽略了另一個與生活同步呼吸的城市景象——文化地標。

　　紅包場是一個特異的文化地標，在台北！從60年代崛起後興盛一時，當許多人以為紅包場已被如雨後春筍般林立的KTV、電影院取代的同時，它居然奇蹟似的走進了二十一世紀的今天，屹立在熱鬧的西門町商圈一角。紅包場是台灣特有的文化，一首首老歌承載這群人對往日美好時光的追思，一個個紅包代表一種交易、傳遞一份熟悉的溫情。這種微妙的互動方式，在這個場域裡營造了一種懷舊、昏黃、溫馨的文藝氣味。

　　在台灣這島國上，有著族群並存的繁盛景象。其中一群就是跟著國民黨浴血奮戰撤退到台灣來的老兵，隨著時光荏苒前進，國族認同與忠黨愛國的信念並未隨著兩蔣逝去而消失，經過腥風血雨的家國保衛戰，軍服早已褪色、刺刀早已生鏽，勳章不復往日光澤，老兵的意志經過歲月的洗煉，持續發出微弱的光芒，頑固的生命力讓他們出關之後，在這島國上延續香火，傳宗接代。

　　老兵在國共會戰的史料裡，他們無名無姓。對歷史來說，這些人最多只是某戰役報告書裡某頁表格中統計數字的一部分，正所謂「成王敗寇」，誰打贏仗誰寫歷史。所以史書只歌

頌大時代的英雄，犧牲為英雄墊背的無名屍骨得不到任何篇幅，乃至於戰敗之師裡的無名小卒，更妄想能在史書中找到安身立命之處。也許，在大時代中小人物容易被忽略，但卻不容抹滅！「老兵永不死，只是漸凋零！」但若沒有人為他們凋零的故事留下紀錄，老兵的事跡就會在大歷史的記載裡被湮沒。

2004年第三版的故事情節，與前兩版略有出入，年代也作了些許調整，唯一不變的是角色的真情。我努力地從龐雜的歷史中描繪出這群老戰士的身影，為他們的忠貞謳歌，為他們的處境傷感。但我無意為老兵戴上名之為「偉大」的光環，他們並不偉大，因為老兵和你我一樣都是活在這塊土地上的小老百姓，他們需要的只是一份等同的尊重。《西出陽關》敘述一群老兵在紅包場的故事，這是屬於庶民的記憶，我選擇以戲劇的方式紀錄這島國上人民的足跡，試圖從他們的生命中探索人性的各種可能。老齊一生對黨國守忠，對愛情守貞，至死仍未破處子之身，現代人聽起來像個神話，但在動盪時代多少對怨偶堅守婚約信諾，就等著開放探親那天的到來，與闊別近半世紀的摯愛重逢！也有許多戀人對遙遙無期的破鏡重圓日早已絕望，因而另覓伴侶各自嫁娶！在大時代裡的小老百姓，從順民到難民，再從難民到順民，不管身分處境的幾度變換，在時代災難裡，生離死別的無奈，永遠是庶民生命裡最滾燙的印記！

每次的創作都是對自我成長歷程的重新審視，生活閱歷與生命經驗是汲取記憶，提煉情感的重要來源。我的父母是難

民，經過流離遷徙到台灣，成為順民。《女兒紅》裡我借用了父母從大陸逃難到台灣的故事成為背景，《西出陽關》裡我把海南島大撤退的慘烈情景，建構成劇中角色一輩子的遺憾。劇本的故事是虛構的，拼貼的，角色的情感是真實的、真情的。透過演出的形式，我們可以依稀體會到、感覺到那個苦難年代裡小老百姓內心裡的搏動、吶喊；透過演出的形式，我們也重現了被歷史忽略的庶民記憶。

其實，為了重建記憶裡場景的真實度，每次在演出開排之前，我都會邀請相關的劇組人員到西門町的紅包場去作實地考察，觀看那裡的「人、事、景、物、情、時」所呈現出來的特殊氛圍。儘管物變、景遷、人移，紅包場在式微之際，台下歌迷與台上歌手的相互依存關係仍舊。我曾看到一個老歌迷蹣跚的走向舞台前方，驕傲地遞上折成紙扇的十個紅包。霎時間，我腦中居然飄過一個異想，我居然把歌迷手中的十個紅包，看成十個白包！在那裡，我有種感觸——生命就在生的禮讚與死的祭禮間遊走；我曾看到一位老伯伯在歌廳角落跟著音樂節奏十分陶醉的恣意舞動，他無視旁人存在忘我神情，好像在紅包場裡重拾他喚不回的年華！在那裡，我彷彿看見青春就在他的手舞足動間凝止；我曾看到某歌手在唱完歌之後，還走到觀眾席的桌邊，牽起一位老太太的手，問她「下次想聽什麼歌？最近膝蓋有沒有好一點？」她似乎在向自家的長輩問候關心！在那裡，我清楚嗅到牽掛與關懷在紅包場裡瀰漫的氣味。經過許

多時日的反芻與沉澱，我把紅包場裡這些特別的景象與微妙的關係溶進了三度搬演的《西出陽關》真愛版。

《西出陽關》真愛版的故事時間綿延四十年。從1949年老齊與惠敏初識到1990年他嚥下最後一口氣，我願意相信全劇其實只是老齊過世前迴光返照剎那間腦中飛過的過往煙雲。人的記憶是沒有次序的，我們可以任意在時空裡跳躍穿梭，在回憶跳接的過程中，空間的界線逐漸消失，時間的刻度已然模糊。四十年前的往事可以用0.5秒在腦海裡快速翻閱，彷彿再度走回歷史現場，和過去的、已逝的歲月展開一連串的對話，只可惜這樣的對話多半是暮年的自言自語，回想當年的遺憾與未竟之志！

劇場裡的戲劇做不到電影的「蒙太奇剪接」，但卻能在舞台上呈現多時空的「融接」與「拼貼」，這也是我先前提到的創作概念「空間不存在，時間無意義。」多重時空敘事結構迂迴地前進，顛覆了線性思考的邏輯，《西出陽關》的情節在被淡化的時空情境中，提煉出最具體、真實的萃取物——情愛與生命。

我還在想像父母逃難時會是怎麼樣的畫面？姓梁的親戚在開槍掃射難民時，心裡會是怎樣的感受？我在劇場裡用作品來模擬那個時代的災難，但現實的世界卻也在劇場外不停地上演戰爭的戲碼。戰爭無情，生命有情！願災難畫面只出現在戲劇中的場景，老百姓可以不必再被迫出關、離鄉背井。願老百姓能在自己的土地上「生根」與「深耕」，傳承下一

代的生命與思想！

　　作品與導演工程俱以呈現在觀眾眼前。此刻，請容我在這裡感謝舞台設計曾蘇銘、服裝設計萍萍、燈光設計琬玲、音樂設計張藝、造型設計 Betty、舞台監督忠俊、攝影師曉東、北士設計，以及與我一同奮戰排戲到深夜的演員們、幕後所有工作人員、行政人員、與前台的義工。這次北中南的巡迴演出共動用上百位人力，眾人各司其職，通力合作，造就了今晚（午）的演出。此刻也請容許我感謝坐在觀眾席上的您，您的笑聲、掌聲與淚水都是今晚（午）演出的肯定，希望《西出陽關》真愛版能帶給您豐富的心靈饗宴！

（載自 2004 年 10 月屏風表演班《西出陽關》真愛版演出節目冊）

劇本閱讀說明

《西出陽關》
劇本內容由以下幾個部分組成：

1、場次說明

說明各場次的時間、場景、角色。

2、舞台指示

2.1 以△或（ ）表示。舞台劇場技術性調度之指示，如投影字幕、燈亮／暗、燈光變化、中場休息、佈景升降等。

2.2 劇本中，描述場景空間之舞台左、右側，係以觀眾（或讀者）面對舞台之左、右方向為準。

3、演員戲劇動作與情緒指示

3.1 以△表示。場上演員主要戲劇動作之指示，例如上、下

場、蹉步、接過紅包、手握竹枝等戲劇動作。

3.2 以（　）表示，為演員於台詞進行中所表現的戲劇動作或演員表達角色情緒時的參考建議，例如（憤怒地）、（驚慌地）、（無奈地）。

4、舞台技術

4.1 投影幕：鏡框式舞台的左右兩側設置直立式投影幕。配合劇情所需，投影關鍵性字幕，如歌詞、歷史事件年月、角色對白等。老齊臨終，回顧此生種種，腦海中所流轉的便是這些文字意象所串成的浮光掠影。

4.2 黑紗幕：本劇多次於舞台前緣使用巨型黑紗幕（長16公尺、高10公尺、面積約600吋），遮蓋整個舞台鏡框，並在其後演出老齊的回憶場景。

5、備註

以上劇本內容之註明與各項指示皆為方便讀者閱讀，若有表演團體或戲劇相關科系欲以《西出陽關》為演出劇本，需經取得演出同意權後，則可視排練情形，調整舞台上的戲劇動作或重新詮釋演員情緒。

版本說明

前言

　　李國修劇作集中，共有13齣戲列為定目劇本。所謂「定目劇」的英文是「Repertory Theatre」，原意是指一個劇團的「招牌劇目」，隨時可以供人點戲，然後安排表演。但是在現代的意義上，「定目劇」卻多了一個製作層面的概念。它是指將具備普及性、永恆性、與高度被接受性的經典劇目，製作並進行定點的長期演出，或每隔一段時間，進行週期性的重製演出。然而在台灣，表演藝術團體屬於非營利組織，目前並未發展出類似百老匯「長期定點」的商業劇場規模，但仍會定期推出具有代表性「定目劇」，並進行巡迴展演。而這些「定目劇」不僅代表一個藝術團體的創作精神，也維持了劇團的生存與穩定發展。

　　每一定目劇作品初次發表演出皆定名為「首演版」，例如：1996年推出《京戲啟示錄》首演版。爾後因重製當時之時間、空間、與社會時事，針對部分劇情、劇場美學等稍作內容的調整，並增列該劇目的版本名稱做為分類。不同版本的故事，在情節與架構上並不會有大篇幅異動，版本主要是用來辨

別不同年份之演出記錄,例如:2000年推出《京戲啟示錄》經典版、2007年推出《京戲啟示錄》典藏版。

李國修定目劇作品如下:

《京戲啟示錄》、《女兒紅》、《莎姆雷特》、《半里長城》、《徵婚啟事》、《西出陽關》、《婚外信行為》、《三人行不行Ⅰ》、《三人行不行Ⅲ—OH!三岔口》、《我妹妹》、《救國株式會社》、《北極之光》、《六義幫》,共計13本。

關於《西出陽關》

《西出陽關》為屏風表演班經典劇本之一,於1988年推出首演版、1994年推出新版、2004年推出真愛版。因考量故事結構的嚴謹性與時宜性,故《西出陽關》選定真愛版為出版劇本。

劇情簡介

　　國共會戰期間，耿介的齊排長透過營長的安排，與流亡女學生楊惠敏假結婚，使她取得軍眷身分的庇護。齊排長對惠敏始終以禮相待，兩人情愫暗生。一年後戰事吃緊，齊排長所屬軍隊由海南島撤退至台灣，但惠敏因戰火阻隔沒趕上軍艦，兩人的緣份就此被這道海峽斬斷。

　　四十年後，當年英挺的齊排長已變成老邁的榮民老齊，他為惠敏守貞多年，孑然一身，鎮日流連在紅包場中。老齊痴戀著神似惠敏的紅包場歌星咪咪，一直希望咪咪演唱他最鍾愛的老歌《王昭君》，但咪咪對老齊始終是虛情假意，敷衍了事。

　　開放探親後，老齊下定決心回大陸找惠敏。兩人在青島舊地重逢，原來惠敏早已改嫁多年，雞皮鶴髮的兩人情緒激動，將壓抑多年的情感傾瀉而出，但已無法挽回那錯失的四十年光陰。

　　失落的老齊回到台灣，鼓起勇氣向咪咪求愛，但遭到咪咪拒絕，還被她騙光了僅剩的財產。不久，老齊病危，他回顧前

塵往事，到頭來只剩下無盡的淒涼。最後，咪咪趕赴醫院，在病榻前為老齊獻唱一首《王昭君》。在咪咪的歌聲中，老齊彷彿看見心愛的惠敏穿著新婚之夜的紅嫁衣為他歌唱，他在病榻上安然斷氣，結束了漂泊孤苦的一生。

場次結構表

時空設定		乾德門	李國修	萬芳	林美秀	顏嘉樂	劉珊珊	葉天倫
場次	場景							
S1 出關	西陽關歌廳	劉將軍	老齊	鳳仙	劉夫人	龍君	咪咪	小高
S2 初識	棧橋大飯店		齊排長			惠敏		營長
S3 文定	劉將軍家	劉將軍	老齊	芝齡	劉夫人			
S4 抉擇	咪咪家	劉將軍	老齊			龍君	咪咪	小高
S5 結婚	劉將軍家	劉將軍	老齊	芝齡	劉夫人	龍君		小高
S6 初夜	老宅		齊排長			惠敏		
S7 重逢	棧橋賓館		老齊	芝齡		惠敏	雲佩	
中	場							
S8 求婚	西陽關歌廳		老齊	芝齡		龍君	咪咪	小高
S9 撤退	海南島碼頭	難民	齊排長	難民	難民	惠敏		營長
S10 老兵	西陽關歌廳	劉將軍	老齊		劉夫人		咪咪	小高
S11 初唱	咪咪家	劉將軍	老齊	芝齡			咪咪	
S12 舊夢	舞廳幻境	劉將軍	老齊	芝齡	劉夫人	惠敏	咪咪	小高
S13 終唱	醫院病房	劉將軍	老齊	芝齡	劉夫人	惠敏	咪咪	

演員									
琇琴	狄志杰	施璧玉	戴輝霖	汪翔	蘇宇凡	關愛	崔孟璇	蘇育玄	張哲誠
角色									
紫娟	陳製片	余大姐	大王爺	小余兒	歌迷甲(馮副官)	服務生甲	服務生乙	歌迷乙(錢大爐)	歌迷丙(白馬王子)
舞客	舞客	巧萍	舞客	舞客	班兵	舞客/班兵	舞客	舞客/班兵	舞客/班兵
	維漢		阿弟	小余兒					
紫娟	陳製片	余大姐	大王爺	小余兒					
紫娟	維漢	余大姐							
小紅	維漢								
休					息				
紫娟		余大姐	大王爺		歌迷甲(馮副官)	服務生甲	服務生乙	歌迷乙(錢大爐)	歌迷丙(白馬王子)
難民	難民	難民	難民	難民		難民	難民	難民	難民
紫娟		余大姐	阿弟	小余兒					
紫娟	維漢								
紫娟	維漢	余大姐	阿弟	小余兒	舞客	舞客	舞客	舞客	舞客

S1

出關

時間：

1990年5月20日星期日，晚上8點30分。

場景：

西陽關歌廳。舞台由左至右劃分為三區：舞台左側為歌廳門口，門口牆面上掛滿駐唱歌星的巨幅相片，入口旁擺放著今日節目的立式海報板；舞台中央為歌廳的觀眾席，場中央陳設數張椅子，背景懸掛著華麗的布幔，天花板、樑柱皆以霓虹燈管裝飾；舞台右側為一小舞台，台上鑲滿七彩燈泡，金光璀璨。

角色：

鳳仙、劉將軍、老齊、劉夫人、龍君、咪咪、小高、紫娟、陳製片、余大姊、大王爺、小余兒、歌迷甲（馮副官）、歌迷乙（錢大嬸）、歌迷丙（白馬王子）、服務生甲、服務生乙。

△　舞台鏡框外，左右兩側牆面陳設直立式投影幕，投影關鍵性字幕，如歌詞、歷史事件年月、角色對白等

△　投影字幕：

「西出陽關　真愛版」

△　大幕起。

△　老歌〈知道不知道〉的間奏音樂揚起。

△　場上燈光微亮，老齊拿著紅包站在舞台左側前緣一角。

△　投影字幕：

「謝謝齊大哥紅包鼓勵」

△　老齊轉身，自大門處走入歌廳內，他穿越黑暗的觀眾席，直直走向小舞台，場上所有人皆靜止不動。

△　老齊將紅包交給台上的鳳仙，場燈乍亮，所有人動了起來，哀怨的胡琴前奏亦轉換為熱鬧的氛圍。場上呈現西陽關歌廳裡高朋滿座的樣子：觀眾席裡坐滿了鼓譟的賓客；余大姐帶著龍君穿梭在觀眾席間鼓動氣氛；服務生甲、乙在小舞台邊隨侍待命；鳳仙在小舞台上隨著音樂舞動，手裡已握著數只紅包。

△　老齊得意地走回座位，台下歌迷們有默契地與鳳仙拍手合唱，一位綽號「大王爺」的老歌迷站在舞池一角，隨著歌聲陶醉地舞動。

△　黑紗幕，升。

△　投影字幕：

〈知道不知道〉　　　　　　　　詞：樂韻／曲：樂韻

「山青水秀太陽高　好呀好風飄

48

> 小小船兒撐過來　它一路搖呀搖
>
> 為了那心上人　起呀嘛起大早
>
> 也不管呀路迢迢　我情願多辛勞
>
> 山青水秀太陽高　好呀好風飄
>
> 一心想著他呀他　我想得真心焦
>
> 三步兩步跑呀跑　快趕到土地廟
>
> 我情願陪著他　陪呀嘛陪到老
>
> 除了他我都不要　他知道不知道
>
> 除了他我都不要　他知道不知道」

△　鳳仙演唱時，依序有歌迷白馬王子（人如其名，著全套白西裝，梳油頭）、馮副官、劉將軍上前送紅包給鳳仙，鳳仙一一微笑接過。鳳仙曲畢，全場賓客報以熱烈掌聲。

鳳仙：（高舉紅包，向台下道謝）謝謝各位嘉賓的紅包鼓勵！

鳳仙在西陽關歌廳駐唱還差一個月就要滿五年了，雖然今天是鳳仙在西陽關演唱的最後一夜，我心裡有太多的傷感……（鳳仙低頭作傷感垂淚狀，歌迷小高忙上前安慰鳳仙，順便鼓譟其他觀眾，全場觀眾呼喊著鳳仙的名字）鳳仙在這裡要特別感謝長年關照我的四位乾爹——

△　鳳仙一一點名，被點名的賓客也一一起身回應，接受其他觀眾的鼓掌。

鳳仙：劉將軍！白馬王子！馮副官！大王爺！

大王爺：（興致高昂地走向小舞台，蘇州腔）來事來事！

△　鳳仙亦學著大王爺的樣子喊「來事來事！」，逗樂全場
　　觀眾，大王爺笑著入座。

鳳仙：明天鳳仙就要出關了，西陽關是我人生中最動人美
　　麗的回憶，鳳仙就像是在座的各位嘉賓、叔叔、
　　伯伯一樣，我也可以很驕傲地說「人生中最美好的
　　一仗，我已經打過！」（眾人熱烈鼓掌，鳳仙向台下舉手
　　致意）謝謝！五分鐘之後第二階段節目馬上開始，
　　敬祝各位嘉賓身體健康，鳳仙期待有緣再相逢！

△　賓客鼓掌，鳳仙走下小舞台。

△　台下，劉夫人與劉將軍商量。

劉夫人：阿爸！中間休息我可以去發帖子囉！？

劉將軍：去！只要是個人妳就發給他一張。

劉夫人：亂講話！

△　劉夫人將手中的喜帖，一一發給眾人。

△　鳳仙走向劉將軍。

小高：（色瞇瞇地攔住鳳仙）西陽關冰山美人鳳仙要出關啦！
　　恭喜呀！

鳳仙：（嬌聲回應）謝謝小高。

△　鳳仙走向劉將軍。

老齊： 鳳仙，妳出關是找到好男人要結婚哩！？

鳳仙： 齊大哥！鳳仙在西陽關遇見過好幾百個男人，從來就沒有碰過好男人。

劉將軍：（笑）妳講話真酸吶！

老齊：（轉身喚服務生甲）關小姐！（服務生甲趨前，老齊掏出兩佰元，吩咐服務生）買花！謝謝妳！兩佰塊妳數一下！

　△　劉將軍冷不防偷摸了服務生甲臀部一下，服務生甲尖叫。

劉將軍：（裝傻，四處環顧）誰摸她？！

小高：（急忙否認）不是我。

老齊：（舉手替劉將軍頂罪）是我摸的！我喜新厭舊！

　△　服務生甲訕訕地往一角走去。余大姐站在劉夫人旁，在遠處呼喊鳳仙。

余大姐： 鳳仙！

小高：（取笑鳳仙）劉夫人炸到妳了，鳳仙，去領紅色炸彈！

鳳仙：（笑著，嬌聲吩咐小高、老齊）小高、齊大哥，你們兩個負責看好我乾爹，不准他碰紫娟一根頭髮！（紫娟正好拿著一杯水和藥包走來，鳳仙親切地招呼紫娟）紫娟！

紫娟：（招呼劉將軍）乾爹！吃藥了。（鳳仙邊取笑劉將軍，邊向余大姐走去。紫娟將藥遞給劉將軍，嬌聲吩咐）先吃紅包、再吃白包。

△　劉將軍接過藥，百依百順地吃藥。

老齊：（問紫娟）娟！鳳仙出關上哪兒去？

△　以下，劉將軍與劉夫人各立場中一角，兩處的戲劇行動同時進行。

紫娟：她回彰化老家開服飾行！鳳仙姐說那是她這一輩子最大的心願。

劉將軍：（拉過紫娟，低聲問）峰島咖啡店許老闆不是說要娶她嗎？！

紫娟：許老闆他在大陸有一個老婆！一個月前跑回福建老家，臨走前還騙了鳳仙姐六十萬。

△　眾人唏噓不已。

△　紫娟應聲，向余大姐走去。

△　鳳仙走向余大姐。

△　龍君亦走向余大姐，一行人寒暄。

劉夫人：（將喜帖遞給鳳仙，順便問龍君）新來的歌星嗎？！叫什麼名字，我給妳寫在喜帖上。

△　眾女高聲談笑。

余大姐：（喚遠處的紫娟）紫娟，來！

△　小余兒面色不善地自一角走上，打斷余大姐一夥人的談話。

小余兒：（對余大姐）妳到外面我跟妳講清楚。

△　服務生甲捧著一束鮮花走上，她上前將鮮花交給老齊。

老齊：（向服務生甲）謝謝妳啊！

△　劉將軍又欲摸服務生臀部。

服務生甲：（瞪著劉將軍，大吼）不要亂摸！

△　小余兒不等余大姐回應便逕自走出紅包場。

余大姐：（不悅地吩咐龍君）龍君！妳去問小余兒到底想怎麼樣？！

△　龍君忙追小余兒，一路追到紅包場大門外，兩人自舞台左側下。

△　咪咪自舞台左側，上。陳製作跟在咪咪身後，手提咪咪的化妝箱，亦上。他們二人走入紅包場，在門口正好與龍君、小余兒擦身而過。

老齊：（開玩笑地慫恿服務生甲）關小姐！妳去給劉夫人告
密！快去！

劉將軍：（罵老齊）老齊，你真不夠意思！（服務生甲，退回角落）

△　咪咪進入歌廳內，陳製片隨後跟著走進歌廳內。

老齊：（迎向咪咪）咪咪來了……（掏出一張點歌單，遞給咪咪）
咪咪，不累吧？！

咪咪：（隨手接過單子）不會……（轉頭吩咐陳製片）陳製片，
你找個位子坐。

△　老齊捧著花跟在咪咪身後，咪咪沒理會老齊，欲直接
走入後台。

陳製片：（叫住咪咪）傅小姐！妳的化妝箱。

老齊：（欲幫咪咪接化妝箱）我來！我來！

△　陳製片沒理會老齊，直接走向咪咪，將化妝箱遞給她。

咪咪：（接化妝箱，向陳製作嬌聲道謝）謝謝！你要不要找前面
的位子坐？（邊走邊看點歌單，向老齊嬌嗔）乾爹！你
又點這首歌？

老齊：沒關係，能唱就唱，沒有時間就不要唱。

△　咪咪往後台走去。老齊跟著她，亦下。

△　打扮時髦的陳製片在歌廳內引起眾人好奇的目光，他
不自在地走到門口透氣。小高、劉將軍跟著陳製片走
到門口。

小高：（向陳製片搭訕）先生，你貴姓？

陳製片：咪咪的朋友。

劉將軍：（向陳製片）現在紅包場歌廳很少有你們這種年輕人來聽歌……

陳製片：我喜歡老歌，越老的越喜歡，我很懷舊！

小高：（調侃陳製片）我看你是來泡妞的吧？！

△　歌廳節目開場音樂揚起，小高一行人走回歌廳內。

△　咪咪站在小舞台上，所在處亮起一盞聚光燈。老齊在台下，忙給咪咪獻上手中鮮花。

咪咪：（接過鮮花，手持麥克風開場）謝謝齊大哥！各位嘉賓晚安！歡迎光臨西陽關歌廳！第二階段節目，首先由我咪咪為各位服務。咪咪真的好高興，又看到那麼多好朋友……

△　劉夫人上前遞上一張喜帖。

咪咪：謝謝劉夫人的紅包——

劉夫人：喜帖！我女兒結婚！

咪咪：恭喜劉夫人，恭喜劉將軍，咪咪一定會去喝喜酒。

劉夫人：（閩南語）要來喔！

△　眾人大笑，咪咪滿口應承，順手將鮮花、喜帖交給台下待命的服務生甲，繼續主持節目。

咪咪：各位嘉賓！今天是五月十九號星期六——

小高：（在台下出聲糾正）二十號！

咪咪：對！今天是五月二十號星期日，也是中華民國第八任總統李登輝先生、副總統李元簇先生宣誓就職紀念日！（小高起身立正，以示敬意）咪咪謹代表各位嘉賓恭祝李總統、李副總統政躬康泰，並祝願中華民國國運昌隆！

△ 眾賓客鼓掌叫好。

△ 氣氛正熱烈時，鳳仙默默地離開歌廳，劉將軍起身送她至門口。鳳仙門口不捨地徘徊，看著自己的巨幅海報發怔。

△ 劉將軍送完鳳仙，正欲重新入座。小高突然情緒失控。

小高：（以閩南語對席間大吼）起來！

△ 氣氛突然尷尬起來，眾人一片靜默。

劉將軍：（命令劉夫人換位置）噯[1]！

△ 劉夫人以為是自己坐錯位置，不好意思地起身讓位。

劉夫人：（笑，閩南語）歹勢，坐錯位置……

咪咪：（在台上打圓場，笑）小高……！

小高：（指著陳製片，不悅地以閩南語喝叱）你！起來！

△ 陳製片楞了一下，連忙起身讓出座位。小高入座，眾人又回復笑鬧氣氛。

咪咪：（對台下唸出點歌單）嘉賓齊大哥點唱〈王昭君〉……！

---

1 劉將軍全劇僅以「噯」稱呼劉夫人，並不稱名。

56

（台下眾人熱烈拍手，咪咪婉拒老齊）齊大哥，您真的考倒我了，這首歌〈王昭君〉是冰山美人鳳仙姐的拿手歌曲，咪咪不敢掠人之美，希望您別介意！

老齊： 妳唱得好聽！

（同時向咪咪）

劉將軍： 咪咪！鳳仙出關啦！

咪咪： 首先為各位嘉賓帶來的歌曲——〈幾度花落時〉，謝謝。

△ 賓客鼓掌。音樂前奏響起，老歌迷「大王爺」又在角落獨舞起來。

△ 投影字幕：

〈幾度花落時〉　　　　　　　詞：佚名／曲：林禮涵

「徘徊花叢裡　情人你不來

癡癡在等待　莫非呀你把我忘懷

那年花落時　相約在今日　可是呀不見你來

曾問那花兒我心事　可知我相思苦

隨那流水呀寄給你　再問幾度花落時」

△ 咪咪演唱時，鳳仙回望了歌廳最後一眼，轉身自舞台左側走下。

△ 咪咪一曲將畢，老齊上前，送上疊成扇狀的十只大紅包。咪咪接過紅包，得意地向台下展示。

△ 燈光漸暗。

S2

初識

時間：

1949年1月31日，黃昏。

場景：

青島棧橋大飯店外。舞台右側設一豪華氣派的巴洛克式挑高石柱門廊景片，門廊上方掛著「棧橋大飯店」的招牌，廊柱間隱約可看見通往飯店內廳的長廊一景。

角色：

惠敏、齊排長、巧萍、營長、班兵四名、舞客八名。

△　時空跳回 1949 年 1 月，老齊與惠敏在青島初識的情景。本場次在黑紗幕後呈現。

△　棧橋大飯店內，舞廳爵士樂團的演奏音樂揚起。

△　老歌歌聲響起。

△　投影字幕：

〈重逢〉　　　　　　　　　　　　　　　詞：嚴寬／曲：莊宏

「人生何處不相逢　相逢猶如在夢中

連年為你　留下春的詩　偏偏今宵皆成空

人生何處不相逢　相逢猶如在夢中

你在另個夢中　把我忘記　偏偏今宵又相逢

相逢又相逢　莫非是夢中夢

以往算是夢　人生本是個夢」

△　燈光漸亮，場上下著雨[2]。民初女學生裝扮的惠敏在雨中撐著傘，獨自站在舞台左側等待。

△　一對男女舞客從飯店內廳走出，他們撐起傘，匆匆經過惠敏身邊，自舞台左側下。

△　年輕的老齊（本場稱之為齊排長[3]）穿著軍服、背著胡琴，自舞台左側匆匆跑上。惠敏見眼前的陌生人沒帶傘，好心地上前為齊排長遮雨。齊排長向惠敏敬了一禮，才躲入惠敏傘下。

△　歌聲逐漸淡去，只留下雨聲。雨中，惠敏、老齊二人尷尬地站在傘下。

△　稍頃，遠處傳來巧萍響亮的笑聲。巧萍自飯店內廳走

2　本劇利用灑水裝置與排水平台，以水循環的方式，使場上呈現真實的雨景。

3　為便區隔，在過往時空皆以「齊排長」稱呼年輕時的老齊，以下同皆。

上，站在飯店門廊下呼喚惠敏。

巧萍： 惠敏！

△　惠敏聞聲向巧萍走去。她一走開，齊排長便淋成了落
　　湯雞。惠敏忙回身幫齊排長遮雨。兩人躲在傘下狼狽
　　地前進。

△　巧萍笑著向前迎接惠敏，兩人在門廊下對談。

△　齊排長走到門廊一角，拍去身上的雨水。

巧萍：（熱絡地）妳怎麼這會兒才到？

惠敏： 學姐！我不打算進去跳舞了，妳去和趙營長說我沒
　　來！

巧萍：（拉著惠敏欲走進飯店）人都來了還往哪兒去呀！？

惠敏：（拉住巧萍）學姐，我已經買了七點一刻往北平的火
　　車票……

巧萍： 今天中午北平淪陷了……！

惠敏：（驚訝地）怎麼會這麼快！？

巧萍： 快快慢慢只不過是早晚的事情。（拉過惠敏，悄聲說
　　明）我說的可是軍方第一手消息……傅作義市長
　　讓中共解放軍不費一兵一彈，和平進城。平白拱
　　手把北平交給了共產黨。

△　巧萍說話的同時，投影字幕：
　　「1949年元月31日」
　　「北平淪陷」

| △ | 四個班兵扛著長槍、國旗，自飯店內廳走上。四班兵立定站好，齊排長忙跟著四班兵一起列隊歡迎營長。 |

班兵甲：（喝令班兵）立正！敬禮！

△	營長自飯店內廳，上。班兵向營長敬禮，齊排長亦跟著敬了一禮。
△	巧萍上前迎接營長，營長輕佻地拉著巧萍的手轉了一圈，巧萍笑得花枝亂顫。
△	營長不顧巧萍吃味，色瞇瞇地看著惠敏，接著又扭頭吩咐齊排長。

營長：（山東腔，以下皆同）齊排長！

齊排長：（立正敬禮）營長好！

營長：（對齊排長）過來說話……（齊排長上前，營長拉著齊排長，上下打量惠敏）他奶奶的熊！

| △ | 惠敏不自在地躲開，巧萍忙擋在惠敏前頭。 |

營長：（為齊排長、巧萍引見）她是巧萍，你們見過。

齊排長：（向巧萍敬禮）趙夫人好！

營長：（罵齊排長）進你娘的！巧萍是排行老六的小老婆，別叫錯了！

巧萍：（故做哀怨地）我不在乎名分！

營長：（安撫巧萍，同時仍不忘向齊排長更正稱呼）她姓魯，魯小姐，黃花大閨女！

△　　營長示意，巧萍忙介紹齊排長、惠敏二人認識。

巧萍：（對齊排長、惠敏二人）今兒晚上你們是主角！（將羞窘的惠敏推到前頭）她是我學妹楊惠敏，北大中文系一年級！

營長：（向齊排長）巧萍和我作媒人，給你說個媳婦。

惠敏：（連忙澄清）不是說媳婦，只是見個面。

營長：沒說的！齊排長，惠敏她是流亡學生。去年十月十九她老家長春淪陷，回不去了。

　△　　投影字幕：
　　　　「1948年10月19日」
　　　　「長春淪陷」

齊排長：（向營長敬禮）報告營長！國難當頭我沒有心情說媳婦。

　△　　投影字幕：
　　　　「國難當頭不想成家」

營長：（不悅地罵）進你娘的！拿著長槍打仗，又不是天天打！（看著惠敏，開起黃腔）討個媳婦，夜裡上床掏出你褲檔裡的短槍操操兵，上了戰場打仗有精神！

　△　　巧萍高聲地笑了起來。惠敏羞窘不堪。

齊排長：（連忙拒絕）不行啊！

營長：（問齊排長）什麼不行？

齊排長：她大學一年級，我小學才唸了兩年，學歷配不上！

營長：（駁斥齊排長）學歷有個屁用……！（專斷地命令齊排長、惠敏）沒說的！我挑日子你們拜花堂！這是命令！

△ 投影字幕：
「我命令你們拜花堂」

△ 巧萍連忙叫好，齊排長只得向營長敬禮道謝。巧萍拉過惠敏的手，低聲勸說。

△ 營長見事成，作勢欲離去，四名班兵見狀欲跟著撤退。

班兵甲：（喝令班兵）立正！敬禮！

△ 四名班兵向營長敬禮，一一走入飯店內廳，下。

營長：（拉著巧萍）巧萍走！跳舞去！

△ 營長、巧萍亦走入飯店內，下。留下齊排長、惠敏尷尬獨處。

△ 齊排長悶著頭欲走進飯店，惠敏出聲叫住他。

惠敏：（尷尬地）真沒有想到——

齊排長：（猛然轉身，向惠敏敬禮，大聲報出身家背景）報告！我是三十二軍二五二師七五六團第二營營部連第一排排長！

△ 投影字幕：
「我是三十二軍二五二師七五六團」
「第二營營部連第一排排長」

惠敏：齊排長……（指著齊排長身上的琴盒，好奇地問）您身上

背的是什麼槍？

齊排長：（解下琴盒，向惠敏解說）不是槍——是胡琴！

惠敏：（聽不懂齊排長濃厚的山東腔）胡琴？

齊排長：（比劃拉琴的樣子）胡琴！

惠敏：（會意）胡琴！？你會拉胡琴？

△　　一對男女舞客自飯店內廳走上。

齊排長：我拉的好！

惠敏：（驚喜地）你拉的好？

齊排長：（害羞地推辭）我拉的不好……

△　　男女舞客在門廊下跳起舞來。接著陸續有一男、二女

舞客自飯店內廳中走出，眾男女相互成對，在廊下練

習舞步。

齊排長：我們借一步說話……（兩人遠離人群，走向雨中，惠敏

替齊排長撐傘）

惠敏：齊大哥！

齊排長：（僵硬地）叫我齊排長！

惠敏：（看著廊下的舞客，憧憬地問）你……會不會跳舞？

△　　眾舞客維持優雅的舞蹈姿勢，靜止不動。門廊處燈光

逐漸轉暗，舞客的身姿變成剪影。

齊排長：跳舞不會，原地踏步我會！妳看——（發出軍中口令）

原地踏步，踏！

△　齊排長欲踏步，卻緊張地同手同腳。惠敏見狀，開懷
　　大笑。

△　燈光漸暗。

S3

文定

時間：

1990年5月21日星期一，上午11點。

場景：

劉將軍家。舞台左右側各有一桌兩椅，中央有一紅色長沙發。

角色：

劉將軍、老齊、劉夫人、芝齡、維漢、阿弟、小余兒。

△　老齊站在舞台左側桌旁，在一張紅紙上用毛筆寫下「李劉府文定之喜」字樣。劉將軍坐在沙發上休息。

劉將軍： 老齊！想來想去我還是覺得你應該要回大陸去看看她。

老　齊： 我還是覺得台灣好！

劉將軍： 好什麼？你在台灣這個鬼地方一晃四十年過去了，我請問你還有幾年好晃的？

老　齊：（舉起紅紙，展示給劉將軍看）「李劉府文定之喜」——我字寫得漂亮吧！？

劉將軍： 咪咪和惠敏兩個人站在一塊兒，你說哪一個漂亮？

老　齊：（提起惠敏，不平地問劉將軍）我說！她為什麼要改嫁？

劉將軍： 我怎麼曉得？我倒要反問你，你在台灣這麼多年，怎麼不再娶一個呢？她改嫁、你再娶，省得我每天勸你回大陸！

老　齊：（仍不滿地批評惠敏）我說，她不是王昭君！

劉將軍：（調侃老齊）她當然不是王昭君！她要是王昭君，你就是漢王！

△　劉夫人裝扮得艷麗光鮮，拿著藥袋，自舞台左側內室走上。

劉夫人：（遞藥袋給劉將軍）阿爸！你還沒有吃藥！？

劉將軍：（不接藥，打量著劉夫人）女兒訂婚你穿那麼漂亮幹什麼！？

劉夫人：（笑著向劉將軍解釋）我漂亮是讓你有面子啊！去換禮服啦！

劉將軍：禮服等女兒結婚才穿，今天我就這樣去漢宮樓！

劉夫人：（催促劉將軍）你去穿禮服啦！

　　△　　芝齡穿著一身隆重的大紅鳳仙裝，拉著頭戴安全帽、手捧聘禮盒的維漢，自舞台右側走上。

芝齡：（問劉夫人，閩南語）媽！頭髮燙得好看嗎！？

　　△　　芝齡喜孜孜地向劉夫人展示髮型，劉夫人連聲讚美。

劉夫人：（笑問芝齡，閩南語）你們去燙頭髮還坐摩托車？（轉勸維漢）維漢！你也不要那麼省錢！

劉將軍：維漢！把齊伯伯寫的紙條貼在門口。（老齊欲將紙條遞給維漢）

芝齡：（搶著說）我去貼！

　　△　　芝齡接過紙條，便欲向外走去。老齊連忙叫住芝齡。

老齊：芝齡！不是在家裡請客，紙條是貼在漢宮樓梅花廳房間門口！（老齊取回紙條）

劉夫人：（以閩南語吩咐芝齡）阿妹仔[4]，去廚房拿一個紅盤子。

　　△　　芝齡應聲走向廚房，往廚房走下。

劉夫人：（問維漢）維漢！乾果都有買吧？

　　△　　維漢忙將手上的聘禮盒交給劉夫人。

4　劉夫人對芝齡的暱稱，一律以閩南語發音。

劉將軍：（吩咐老齊）老齊，我們走！不要讓客人余大姐、紫娟、咪咪她們先到。

老齊：（問劉將軍）你還沒有吃藥！？

劉夫人：（連忙阻止劉將軍）還不能走啦！（提醒劉將軍還有未完的文定儀式）阿爸，你要到廚房拿一碗滷麵給維漢……

△　劉將軍沒理會劉夫人，逕自走向自己的房間。劉將軍走至舞台左側，欲下。

劉夫人：（納悶地叫劉將軍）阿爸，你去哪裡……！？去廚房！

劉將軍：（沒好氣地回劉夫人，言語錯亂）我回房間先穿藥再吃禮服好不啦！

△　劉將軍，自舞台左側下。

劉夫人：（訕訕地向眾人抱怨）講什麼都聽沒有……！

老齊：（安慰劉夫人）老劉糊塗了，他說回房間先吃藥再穿禮服！大嫂！我幫妳看著他吃藥！

△　劉夫人將藥袋交給老齊，老齊拿著紅紙條與藥袋，亦自舞台左側走下。

△　劉夫人欲進廚房清點禮盒乾貨，經過呆立在客廳中的維漢。

劉夫人：（交代維漢）維漢，安全帽可以拿下來了。

△　維漢傻楞楞地應聲，但仍站著不動。劉夫人見狀，沒好氣地走進廚房，自舞台右側，下。

△　稍頃，維漢才恍然大悟地脫下安全帽，置於舞台右側

桌上。正好碰見手提二十盒喜餅的阿弟帶著小余兒自外走上。

△　維漢對二人點頭示好，二人未搭理維漢，逕自走入客廳。沉默。

維漢：（將小余兒誤認為阿弟前女友薇薇，在二人身後故作熟絡地招呼）她是薇薇嗎？！薇薇妳瘦好多——

△　小余兒聞言甩開阿弟的手，狠狠瞪了阿弟一眼，轉身向外走去。阿弟滿臉不耐。

維漢：（尷尬地澄清）抱歉！我認錯人了！

△　小余兒在舞台右側停住，轉身瞪著阿弟。

小余兒：（向阿弟，語帶威嚇）我在小上海豆漿店門口——我只等你三、分、鐘！

阿弟：（無奈地）小余兒！

△　小余兒不理阿弟，轉身往外走，下。

△　阿弟不悅地將喜餅交給維漢，自己走入內室，自舞台左側下。

△　稍頃，芝齡端著一碗滷麵自廚房走上。

芝齡：（將麵遞給維漢）媽說等你吃完滷麵，她按照納采禮俗會給你一個紅包。

維漢：（會錯意）我不吃麵，我不餓。

芝齡：（瞪維漢，命令）吃掉！

△　維漢默默接過麵吃著，坐在舞台右側桌前。

芝齡：（滿懷喜悅地向維漢展示身上的鳳仙裝）齊伯伯幫我找一

套鳳冠霞披的新娘裝！他希望我們結婚那天晚上

打扮得很復古！

△　維漢悶頭吃麵，不置可否。

△　阿弟拿著一把斷弦的吉他，自內室走上。

△　維漢見到阿弟，連忙起身要走，芝齡不察，仍滿心歡

喜地抱住維漢。

阿弟：（高舉吉他，以閩南語質問芝齡）妳弄壞的？

維漢：（不小心脫口而出）對！（馬上心虛地改口）不是！

芝齡：（恍若未聞，仍抱著維漢撒嬌）齊伯伯也幫你找了一套長

袍馬褂……他要你看起來像個狀元郎！

△　以下，芝齡與阿弟全以閩南語爭執。

阿弟：（質問芝齡）我的吉他是妳弄壞的？

芝齡：（猛然轉身，大罵阿弟）誰要動你的爛吉他？

△　維漢心虛地背轉過身，芝齡又上前抱著維漢。

阿弟：（質問芝齡）不是妳，是誰？厝裡只有妳一人而已！

芝齡：（扭頭爭辯）爸爸、媽媽不是人？（繼續抱著維漢）

阿弟：（嘲諷地）爸爸、媽媽不會像妳一樣沒品！

芝齡：（推開維漢，轉頭罵阿弟）你最有品！整天拿那支爛吉

他，還想要跟人家當歌星！？

阿弟：（回罵芝齡）我當歌星不用妳管！妳進去我的房間就

不對，為什麼偷看我的信？

△　維漢在一旁，悄悄戴上安全帽。

芝齡：（罵阿弟）我為什麼不能看你的信？！

阿弟：本來就不行！

芝齡：（質問阿弟）你交那個什麼女朋友？

阿弟：不用妳管！

芝齡：（質問阿弟）什麼女朋友？

阿弟：妳不用管！

芝齡：（頓了一下，狠狠地說）好！我跟你講薇薇是個什麼樣的女孩子！

維漢：（連忙起身欲打圓場）薇薇她——（芝齡瞪維漢，維漢住嘴。他一邊退開，一邊不動聲色地提醒阿弟）三、分、鐘！

芝齡：（罵維漢）你吃麵！

△　維漢乖乖坐下吃麵。

△　劉夫人端著紅盤子（上盛四樣乾果）自廚房，上。維漢放下滷麵，拿起阿弟的吉他。

△　以下，芝齡與阿弟對罵；劉夫人數落芝齡姊弟；維漢退到一邊，遠遠地向劉夫人告狀。四人語言重疊進行，一片混亂。

芝齡：

她整天在西門町跟人家抽煙！

還跟人還跟人家摟來摟去。

還有說有笑。

你說什麼？一天到晚不在家，你把家當作什麼？

回家就像沾醬油把家當作旅社。

爸媽不管你，你就越來越囂張。也不去賺錢，只

阿弟：

妳沒有抽煙？妳沒有摟來摟去？

妳談戀愛沒說沒笑？

對，她是很愛玩。妳知道什麼？薇薇她是什麼樣的人妳根本不清楚！
妳還不是一樣，每天三更半夜才回來，誰知道妳是不是真的在當護士！

會跟一些不三不四的人在一起。

維漢：

剛剛芝齡叫我吃麵，她跟我說。

齊伯伯說要讓我們結婚那天穿的很復古，

她穿霞披我穿長袍馬掛！

然後阿弟出來，說芝齡把他的吉他弄壞！

芝齡就像這樣大罵說——

他們不管難道輪到妳管嗎？！

劉夫人：

你們又在吵，整天吵不停……
阿弟你真的是！

你不知道你姐今天要訂婚喔！你也讓她一下！

阿妹妳也是，妳是姊姊，人家隔壁都知道我們家辦喜事！

你們兩個還在吵！真是的！

劉夫人：（向眾人大吼，閩南語）安靜！

△　阿弟、芝齡猛然閉嘴，只有維漢慢半拍，仍在學芝齡姊弟吵架的樣子。

維漢：（抱著吉他，學芝齡大吼，閩南語）「誰要動你的爛吉他——！」

△　場上一片靜默，芝齡、阿弟皆不悅地瞪著維漢，維漢怯怯地退開。

維漢：（吶吶地向劉夫人解釋，閩南語）……事情就是這樣發生的！

芝齡：（向前賣罵維漢）你戴什麼安全帽？

△　劉將軍、老齊帶著紅紙條，上。

劉將軍：（不悅地）吵什麼？吵什麼？你們在吵什麼？

劉夫人：（忙向劉將軍解釋）沒有！他們沒有吵！

劉夫人：（將紅盤遞給維漢）維漢！這盤拿到書房放在供桌上，你和阿妹去上香祭拜祖先……

△　劉夫人吩咐維漢的同時，阿弟與芝齡在一旁又吵了起來。

老齊：（打斷阿弟、芝齡的爭吵）你們兩個幹什麼？

△　劉夫人向阿弟使了個眼色，示意他不要再吵鬧。

阿弟：（氣不過，忿忿地向眾人控訴芝齡）她把我的吉他弄壞！

△　以下，芝齡與阿弟再度以閩南語互罵。

芝齡：（當著眾人罵）誰要動他的爛吉他！？

阿弟：（嘲諷地）當護士一個月賺多少錢！？

芝齡：你去死！死了就不用浪費米！

阿弟：（嘲諷地）挑來挑去挑到一個賣龍眼的！

 △ 芝齡、阿弟不斷爭吵，劉夫人夾在中間，難以調停。

 △ 劉將軍突然大吼一聲，劉家母子三人靜下來。

劉將軍：（罵劉夫人）請妳好好管教妳的兒子！

 △ 沉默。劉夫人頓了半晌，以閩南語喚過阿弟。

劉夫人：（厲聲）阿弟！過來！

 △ 阿弟走向前，劉夫人打阿弟一巴掌。

阿弟：（錯愕地，以閩南語問劉夫人）媽，妳打我？！

芝齡：（得意地從旁插嘴，閩南語）不然打假的嗎？！

 △ 沉默。

劉夫人：（罵阿弟，閩南語）么壽死孩子……（突然痛苦地甩手）害我的手扭到了！

芝齡：（忙幫劉夫人按摩手腕，閩南語）媽！妳怎麼樣？！

 △ 阿弟氣憤地走進內室，自舞台左側下。

維漢：（戴著安全帽、拿著吉他、捧著紅盤，傻氣地問劉夫人）媽媽，這個紅盤子給我要幹什麼？

劉夫人：

（不耐煩地同聲吩咐維漢）拿去供桌拜祖先！

芝齡：

　△　芝齡手忙腳亂地幫劉夫人按摩。舞台左側一角，阿弟
　　提著手提袋走上。

劉將軍：（罵阿弟）你又要離家出走？！

劉夫人：

　（以閩南語同聲罵阿弟）好膽就別回來！

芝齡：

　△　阿弟頭也不回地向外走，至舞台右側，欲下。

老齊：（連忙叫住阿弟）小生！你不要走！

　△　阿弟接過維漢手中的破吉他，停步，但並未回頭。

劉將軍：（吩咐老齊）你不要理他，讓他走！

老齊：（急吼）不是，他拿我的袋子！

　△　投影字幕：

　　「他拿我的袋子」

　△　眾人尷尬。阿弟低頭看了看身上的手提袋。

劉將軍：（罵阿弟）你離家出走拿人家齊伯伯的袋子幹什麼？！

　△　老齊上前，拿下阿弟的提袋。

老齊：（向阿弟）謝謝你！

　△　阿弟拿著吉他，忿忿往外衝，自舞台右側下。劉夫人
　　擔心地看著阿弟離去。

芝齡：媽！維漢的滷麵吃完了。

維漢：（急著澄清）還沒有──

芝齡：（狠狠瞪著維漢）吃完了！

維漢： (轉向劉夫人，傻氣地) 芝齡說，媽媽會給我一個紅包。

劉夫人： (吩咐劉將軍) 阿爸！禮俗啦！照規矩你要給準女婿一個紅包。

△　劉夫人將維漢拉到劉將軍面前，維漢捧著盤子等待。

劉將軍： (賭氣地大吼) 我沒有準備！

△　劉將軍轉身向外走，自舞台右側下。留在場上的眾人面面相覷，劉夫人忙向老齊陪笑。

△　老齊從口袋裡掏出一個紅包遞給維漢。

老齊： 芝齡、維漢，恭喜！恭喜！

△　維漢接過紅包，順手將紅盤遞給老齊。老齊莫名其妙地捧著紅盤，劉夫人忙接過紅盤。

維漢： (將紅包遞給芝齡) 芝齡，妳保管。我把麵吃完！

△　維漢戴著安全帽，走向舞台左側桌旁吃麵。

△　老齊在維漢身後賀喜，劉夫人、芝齡忙回禮。

△　燈光漸暗。

S4

抉擇

時間：

1990年5月23日星期三，晚上6點。

場景：

咪咪家。舞台左側設一道臥室內牆景片，靠牆擺放著一張床，舞台中央是客廳景片，前方擺放著一桌兩椅。舞台右側擺設一張小茶几。

角色：

咪咪、陳製片、紫娟、龍君、余大姐、大王爺、小余兒、老齊、小高、劉將軍。

△　臥室內燈光昏暗,只亮著床頭燈,咪咪在床上擺出各種性感姿勢,陳製片手持相機不斷對咪咪拍照,閃光燈不停亮起。

咪咪:我高中畢業以後,因為家裡經濟壓力大只好去工作。一九七七年民歌開始流行,我在台中香蕉船餐廳唱了五年多,後來因為錢太少,家裡開銷不夠,我到台北去一家酒店上班,一待就是三年。每天陪酒、喝酒把胃喝壞了,酒精過敏胃下垂,我母親知道以後堅持要我離開酒店──

陳製片:(打斷咪咪)我說實話──

咪咪:(搶著說)陳製片!你要我拍的廣告……

陳製片:日本廠商砸下六千萬的電視廣告,三十秒的畫面在三家電視台黃金時段連續播出一個月,妳不紅才怪!(咪咪興奮地擁抱陳製片)咪咪,在南港片場兩個工作天,妳只要穿著睡衣戴上珍珠項鍊,眼角泛著淚水,看著鏡頭說一句「媽!我愛妳!」……ok啦!妳就脫離苦海啦!

△　舞台右側燈光漸亮,紫娟自舞台右側內室走上,在客廳猶疑地踱步。

△　咪咪與陳製片仍在房間內不斷拍照。稍頃,紫娟走到咪咪房門口。

咪咪:(邊擺姿勢邊說)後來我在書店賣過書、也在理容院做

過按摩小姐——

紫娟：（走入咪咪房中）咪咪！

咪咪：（沒留意紫娟的出現，仍對陳製片自述生平）四年前，我到西陽關紅包場——

陳製片：（打斷咪咪）衣服脫掉。（彎身打開床邊的一個大紙袋）

咪咪：（楞了一下）脫掉衣服？

陳製片：（自紙袋中取出一件性感睡衣，吩咐咪咪）穿睡衣講。

　△　咪咪遲疑地接過睡衣，準備更換。

紫娟：（不悅地上前，制止陳製片）陳先生！

咪咪：（馬上糾正紫娟）陳製片！（陳製片得意地點頭）

　△　紫娟走進客廳，咪咪連忙追出。

　△　陳製片留在咪咪房間，對著空房不停拍照，沉浸在自己的遐想中。

咪咪：（問紫娟）三個老兵還沒走啊！？

紫娟：（拉著咪咪，不安地勸阻）乾姐！我一直覺得我們都在欺騙那些老兵！

　△　咪咪開始說教，紫娟唯唯諾諾地應聲。

咪咪：（坐在桌前）我們的工作是唱歌——

紫娟：是！

咪咪：他們花錢來享受，我們提供娛樂，他們得到快樂各取所需，他們的錢沒有白花！

紫娟：（遲疑地）是。

咪咪：（理所當然地）哪一行都在賺錢，我們是憑歌藝本事賺錢。

紫娟：（內疚地）他們只剩下錢！

咪咪：我們又不是搶他們的錢！

△　沉默。舞台左側臥室景，燈光暗。紫娟在客廳裡焦躁地來回踱步。

咪咪：（追問紫娟）妳跟小高……妳跟他上床？

△　紫娟沉默。

咪咪：（大嘆一口氣，急勸紫娟）紫娟！在紅包場和他們的極限只能到性關係，最忌諱的就是跟他們扯上感情關係！妳急著想嫁人再怎麼挑也輪不到小高啊？！（嘲諷地學著小高的蠢樣）

△　舞台左側，臥室內燈光再度亮起，床頭燈已經熄滅，陳製片在房內，迷戀地聞嗅咪咪的枕頭。

△　舞台右側一角傳來余大姐一行人的談笑聲，稍頃，余大姐、手提大行李及絲絨棉被的大王爺、以及拎著兩套華豔禮服的小余兒，三人自外走上。

△　咪咪連忙裝作若無其事迎上前去。紫娟往內室，下。

咪咪：（熱絡地招呼大王爺）大王爺要搬進來住呀？！

余大姐：（向咪咪解釋）他來給龍君送禮物。鳳仙走了，大王爺歸我照顧，他現在是我的——

小余兒：（冷冷地接話）姘頭！

△　劉將軍自內室一角走上。

余大姐：（氣急敗壞地）小余兒！跟妳媽講話客氣一點！

△　小余兒忿忿將兩件禮服丟給余大姊，轉身便朝外走，
自舞台右側下。

△　余大姐正要追上叫罵，劉將軍出聲喚余大姐。

劉將軍：（熱烈地笑）又見面了──余大姐！

△　余大姐忙轉換笑臉，上前擁抱劉將軍。

△　龍君、紫娟、小高，一一自內室走上。

余大姐：（與劉將軍調笑）我說今天怎麼會渾身不對勁，劉將軍
咱們倆分開絕對不能超過二十四小時！── 你看
我沒有你怎麼過日子呦！（余大姐作勢表演，眾人忙幫
她打拍子，余大姐風情萬種地唱起兩句老歌）「如果沒有
你，日子怎麼過？」

小高：好！劉將軍打賞！

△　小高掏出一個紅包，欲遞給余大姐。

劉將軍：（喝叱小高）小高！你小赤佬走開！我來打賞！

△　劉將軍接過小高的紅包，遞給余大姐。

余大姐：（接過紅包，轉身遞給龍君）龍君！晚上妳唱這首歌，先
謝謝劉將軍。

龍君：（會意，上前向劉將軍嬌笑鞠躬）謝謝劉將軍的紅包鼓勵。

△　咪咪往自己房間走去，紫娟亦跟進房間。

余大姐：（向大王爺示意）大王爺！（大王爺將一只行李箱遞給龍君，龍君困惑地接過，余大姐向龍君解釋）我在家整理出一堆衣服，我的size妳都能穿。

龍君：（感激地）謝謝余大姐。

大王爺：（大王爺將絲絨棉被遞給龍君，蘇州腔）我送妳一條絲絨被。

龍君：（聽不懂，忙問余大姐）說什麼？

小高：（幫忙向龍君說明）送妳一條絲絨棉被！

　△　龍君感激地接過棉被，道謝。余大姐又拿過兩件禮服。

余大姐：（遞給龍君）龍君！一三五、二四六輪流穿……（扭頭提醒小高、劉將軍）小高、劉將軍，晚上早點到，龍君唱開場！（說完，欲往外走下）

　△　舞台左側，咪咪房間內，咪咪不顧紫娟的阻止，──擺出性感姿勢讓陳製片拍照，閃光燈不斷地亮起。

劉將軍：（叫住余大姐）要走啦，余大姐？（學余大姐唱歌）「如果沒有你，日子怎麼過？」

余大姐：（拉著大王爺，對劉將軍調笑）劉將軍你別在我姘頭面前唱！

　△　眾人笑。余大姐拉著大王爺往外走，二人自舞台右側下。

　△　舞台左側，咪咪將性感睡衣攤在身上，供陳製片拍照。紫娟在一旁擔心地看著。

龍君：（捧著禮服，笑著對小高、劉將軍）今天好開心噢！我去穿禮服給你們看！

小高：（學劉將軍唱）「如果沒有你……」

△　龍君抱著禮服，往舞台左側內室走下。小高幫忙拿行李、棉被，亦跟著走入舞台左側內室，下。

劉將軍：（向舞台右側內室呼喊）老齊！

△　小高自內室，上。

小高：（嚴肅地問劉將軍）劉將軍！你贊不贊成我拿菜刀去幹掉老齊的情敵！？

劉將軍：（拉住小高）不能在咪咪家殺人！你去趕走陳製片，叫咪咪出來。

△　小高應聲，走進咪咪房間。

劉將軍：（再度朝內室呼喚）老齊！

△　老齊自舞台右側內室走上。

小高：咪咪，劉將軍有請。

△　咪咪將性感睡衣交給紫娟，向陳製片作勢道歉，笑著走到客廳。

咪咪：什麼事？劉將軍。

劉將軍：（示意老齊說話）老齊……！

咪咪：（轉問老齊）乾爹怎麼啦？

老齊：（立正，向咪咪敬禮）咪咪，我有件事情向妳報告！

咪咪：（笑著）講嘛！不用跟我報告，乾爹！

△　咪咪房間內，陳製片接過睡衣，興致蕭索地收好。小
　　高瞪著陳製片，陳製片不理他，大模大樣地走入內
　　室，下。

老齊：晚上唱完歌以後，我想帶妳去總統府。

△　投影字幕：
　　「唱完歌去總統府」

咪咪：（驚訝地）去總統府？！

劉將軍：（不耐煩地打斷老齊）不要講總統府，直接講你的目
　　　的，讓咪咪做個抉擇！

老齊：咪咪妳和我站在介壽路面對總統府，我要向先總統
　　蔣公、蔣故總統經國先生說——（老齊立正敬禮，彷
　　彿面對面向兩位總統報告一般，恭敬地說）「對不起您二
　　位老人家，我要回大陸探親！」

△　投影字幕：
　　「我們站在介壽路」「面對總統府」
　　「我要向先總統蔣公」「蔣故總統經國先生」
　　「對不起您老人家」「我要回大陸探親」

△　舞台左側，咪咪房間內燈光轉亮，牆上一對床頭燈也
　　跟著亮起。

△　咪咪聽了老齊的話，不知所措地笑著。

咪咪：（尷尬地）我完全聽不懂乾爹是什麼意思！？

劉將軍：我來講！（對咪咪）老齊辦了張台胞證，打算回大陸
探望他的原配楊惠敏。老齊想聽咪咪妳講一句
「不准你回去！」，他就撕掉台胞證，老齊就是要
妳下個決定！

△　劉將軍說話同時，小高與陳製片大打出手，小高將陳
製片按在床上痛打。

咪咪：（轉移話題，拉著老齊撒嬌）乾爹！你該不會一去不回
吧！？

老齊：咪咪！到底妳是讓我去還是不讓我去？

咪咪：（不回答，嬌笑）你應該自己決定，乾爹！

△　咪咪房間內，小高用一個枕頭悶住陳製片的臉。紫娟
連忙打開門，走進客廳求救。

紫娟：（大喊）劉將軍快來幫忙！

△　紫娟帶著劉將軍奔進咪咪房間，咪咪趁機甩開老齊的
手，亦跟著進房。咪咪臨去前順手關掉客廳的燈，場
上燈暗。

△　老齊獨自站在黑暗的客廳裡。

咪咪：（見到房內景象，驚叫）小高！？你幹什麼！？（欲上前
阻止）

劉將軍：（攔住咪咪）咪咪、紫娟妳們出去……小高！（劉將軍威
嚴地走向小高，看似欲阻止，卻突然搶著壓枕頭）我來！

△　劉將軍接手用枕頭壓陳製片，陳製片不斷掙扎，咪咪

忙上前阻止。

咪咪：（拉扯劉將軍）劉將軍放開他！你會把他悶死！

△　咪咪一陣亂打，推開劉將軍、小高。陳製片狼狽地滾下床。劉將軍突然捧著胸口喘氣，倒在床上。

△　老齊進入咪咪房內。

老齊：（問眾人）你們幹什麼？

紫娟：（指著動也不動的劉將軍）劉將軍昏倒了！

△　陳製片掙扎爬起，咪咪上前攙扶。

老齊：（急忙吩咐紫娟）他高血壓！娟去拿藥給妳乾爹吃！

△　紫娟急奔出房間，下。

咪咪：（連聲向陳製片道歉）陳製片……對不起！對不起！

（喝罵眾人）你們給我滾出去！

老齊：（欲與小高抬起劉將軍）小高！抬出去！（不忘向咪咪道歉）對不起啊……（扭頭又吩咐小高）你使勁呀！

△　老齊與小高作勢欲抬起劉將軍，咪咪不停安撫陳製片，燈光漸暗。

S5

結婚

時間：

1990年6月3日星期日，早上11點。

場景：

將軍家。紅色沙發推到舞台左側、舞台左側之桌椅推向舞台深處，挪出客廳中的一塊空間。

角色：

芝齡、劉夫人、余大姐、紫娟、小高、老齊、維漢、劉將軍、龍君。

△　芝齡穿著白紗禮服站在客廳中央，劉夫人為芝齡整理裙襬。

劉夫人： （回憶當年出嫁的場景，閩南語）我坐在轎上，四周鞭炮聲響起，我掀開轎簾把手裡的紙扇丟在地上，等我阿爸將一碗清水朝轎後用力潑下去後，花轎就就一路抬到夫家。（笑談）在轎裡我想起我媽媽說「嫁女好像著賊偷」就笑的要命。我出嫁根本沒嫁妝，我媽媽還說家裡空得好像遭小偷！

△　劉夫人與芝齡大笑。

△　紫娟穿著伴娘禮服，自廚房端著龍眼茶與茶具，上。

紫娟： 劉夫人，龍眼茶要放哪裡！？

劉夫人： 放桌上。

△　紫娟將茶盤置放桌几。

△　余大姐拿著紙扇，自外走上。

余大姐： 劉夫人，扇子買到了……（打開紙扇展示）這把可以嗎！？

劉夫人： （笑著接過扇子）過的去啦！阿妹呀，拿著！（將扇子轉交給芝齡，示意她之後亦需依古禮丟扇。又轉吩咐余大姐）余大姐妳叫新郎先下禮車在門口等，我去拿香爐——

△　劉夫人示意芝齡記得丟扇，自己往將軍房間走下。紫娟接手幫芝齡整理裙襬。

余大姐：（提醒芝齡）芝齡！禮服是不是穿錯了，妳應該先穿鳳
冠霞披？

芝齡：（笑著澄清）晚上觀禮才戴鳳冠穿霞披。

△　小高拿著竹枝與米篩，自外走上。

小高：芝齡，八卦米篩放哪裡！？

芝齡：竹子、米篩先放門口。

△　老齊捧著一箱綁了紅繩的紹興酒，自廚房走上。

小高：（問芝齡）確定放門口？妳確定！？

芝齡：（含糊地）我不確定。

余大姐：（吩咐小高）放門口，先放門口。

△　余大姐往外，下。

老齊：芝齡！有沒有剪刀！？

△　投影字幕：
「有沒有剪刀」

芝齡：（應聲）剪刀有，在我房間。（欲走）

紫娟：（阻止芝齡）妳不要動，我去拿。

△　紫娟往芝齡房間，下。

小高：齊大哥你去外面準備放鞭炮。

老齊：（駁斥小高）我要剪刀把這條紅繩子剪斷！你去放鞭炮！

△　投影字幕：
「我要剪斷紅繩子」

△　維漢穿著狀元郎的古裝，帶著結婚證書禮盒，自外匆匆跑上。

維漢：（氣喘吁吁，問眾人）恭喜！恭喜！你們都準備好了沒有？

芝齡：（沒好氣地指維漢）我們都準備好了，就是你還沒有準備好！

維漢：（不明就裡）我都準備好了！

老齊：維漢！你這套狀元郎是晚上結婚才穿的。

△　投影字幕：

「狀元郎晚上結婚穿」

維漢：（糊里糊塗）不是公證的時候穿？

芝齡：（糾正維漢）公證要穿西裝、穿禮服！

維漢：（向芝齡）妳說要穿復古結婚啊！

△　芝齡氣得說不出話。老齊、小高呵呵笑。

小高：我先把竹子、米篩放在門口。

△　小高帶著米篩、竹子，大笑往外走下。

芝齡：（沒好氣地命令維漢）去換！

維漢：（不服氣地爭辯）我認為復古裝有問題！長袍馬褂狀元帽是清朝的服裝。紅霞披百褶裙鳳冠頭是明朝婦女的服裝。芝齡，為什麼兩個朝代的服裝會出現在新郎新娘身上？

芝齡：這是古禮！

維漢：我們是兩個不同朝代的人結婚嗎！？

芝齡：你問我我問誰！？

老齊：（在旁應聲）問我！（起身向芝齡說明）新郎穿清朝服裝、新娘穿明朝服裝有典故。

　　△　投影字幕
　　　　「新郎穿清朝服」「新娘穿明朝服」

芝齡：（得意地向維漢說明）有典故！

老齊：相傳清兵入關擁有天下，當時就和漢人約法三章說「男降女不降、漢女不入宮，狀元無滿中！」（問芝齡、維漢）懂吧！？

　　△　投影字幕：
　　　　「清兵入關擁有天下」「與漢人約法三章」
　　　　「男降女不降」「漢女不入宮」
　　　　「狀元無滿中」

　　△　老齊鄉音過重，芝齡、維漢聽得一頭霧水。

　　△　劉將軍自內室走上。紫娟自芝齡房中走上。

芝齡：（罵維漢）立刻給我去換禮服！你這個清朝人！

　　△　維漢依命往芝齡房間走去，下。

老齊：娟，我的剪刀？

紫娟：找不到剪刀。

芝齡：書房還有一把，我去拿——（欲下）

老齊：（攔住芝齡）我去拿！

　△　老齊帶著那箱酒往書房，下。劉夫人捧著紅銅淨香爐
　　　自書房，上。

劉夫人：（催促劉將軍）阿爸！叫你把圖章拿給我呀！

劉將軍：妳把圖章藏在哪裡？！我找不到……

　△　劉夫人、芝齡同聲一氣，反應肖似。

劉夫人：五斗櫃裡面！

芝齡：——五斗櫃裡面！

劉將軍：五斗櫃的什麼地方？

劉夫人：左邊抽屜！

芝齡：——左邊抽屜！

劉將軍：左邊抽屜的哪裡？

劉夫人：你這個人記性真是的，我跟你講——

劉夫人：

　　　（同時）五斗櫃左邊從上往下數第四個抽屜拉開右
　　　　　邊角落嘛！

芝齡：

劉將軍：（對劉夫人）亂七八糟！我搞不清楚，妳去幫我找！

劉夫人：（將香爐遞給紫娟）紫娟！麻煩妳帶著香爐，去禮車前
　　　前後後上上下下拿著香薰一薰。

紫娟：我不能拿香，我是基督徒！

劉夫人：（靈機一動）妳找小高去用啦！可以避邪！

　　△　劉夫人仍將香爐遞給紫娟，自己往書房走下。紫娟帶著香爐，欲往外走。

紫娟：（突然轉身提醒劉將軍）乾爹！伴郎還沒有來！？

劉將軍：（不耐煩地）不要問我，我什麼都不知道！

　　△　維漢穿著短褲、汗衫，自芝齡房中跑上。芝齡訝異地瞪著他。

維漢：（慌慌張張地向眾人宣布）你們等我一下！（欲跑下）

芝齡：（不悅地）你去哪裡？

維漢：去哪裡？我去租禮服！

芝齡：（不敢置信地）你現在去租禮服怎麼來得及？

劉將軍：（問維漢）你的伴郎呢？

維漢：（狀況外）誰的伴郎？！

劉將軍：

　　（同時吼維漢）你的伴郎！

芝齡：

維漢：（猛然想起自己忘記約伴郎）啊……！

　　△　劉將軍與芝齡瞪著維漢，維漢不知所措。

　　△　老齊捧著紹興酒自書房，上。

老齊：（拉著箱子上的紅繩，問劉將軍）老劉！有沒有剪刀？

劉將軍：（苦惱地）我一個頭兩個大，我不曉得！

△　劉將軍帶紫娟往外，下。

維漢： 齊伯伯，廚房冰箱裡面好像有一把剪刀。

芝齡： （罵維漢）冰箱怎麼會有剪刀？

老齊： （打圓場）算了，我自己去找⋯⋯

　△　老齊抱著酒，往廚房走下。

芝齡： （質問維漢）你的伴郎呢？

維漢： （結結巴巴地）我的伴郎，是我公司的一個同事，他
　　　　忘記今天中午要來⋯⋯

芝齡： 趕快打電話叫他過來！

維漢： 可是他晚上一定會來⋯⋯

芝齡： 可是他現在就要來！

維漢： （理直氣壯地）可是他現在在澎湖度假，怎麼來？

　△　芝齡正欲罵維漢，小高自大門口走上。

小高： （拿著竹子、米篩）這個放門口會被偷！

　△　小高看到維漢的穿著，再度大笑。

　△　劉夫人自內室走上，紫娟帶著香爐自外走上。

劉夫人： （催促芝齡、維漢）趕時間啦！喝完龍眼茶、偷茶杯，
　　　　我們就可以去法院公證！

芝齡： （拉過劉夫人抱怨，閩南語）媽！他同事放鴿子。

劉夫人： （不解）什麼？

98

維漢：（用國語再說明一次）我同事放「粉鳥[5]」！

劉夫人：（訝異地）什麼？

芝齡：（急）現在少一個伴郎怎麼辦？

劉夫人：一定要有伴郎在場才可以偷茶杯——（小高仍在一旁大笑，劉夫人急中生智）小高，你來代替伴郎！

紫娟：（急忙阻止）小高不行！他已經當了兩次伴郎，再當下去他就不能結婚了！

劉夫人：（拉著小高，對紫娟解釋）幫幫忙，只是請小高偷茶杯啦！

△　在劉夫人的調度下，小高拿著竹子、米篩坐在桌前。劉夫人又去拉芝齡完成古禮。

芝齡：（不情願地）我從沒看過那麼老的男儐相。

維漢：芝齡，妳知道嗎？我找的那個男儐相比他還要老！

△　芝齡氣得欲打維漢，維漢忙躲到紫娟身後。劉夫人趕緊喚芝齡行禮。

△　芝齡勉強地接過紫娟手中的茶盤欲行奉茶禮，小高左手抱米篩、右手扶竹枝，正襟危坐地坐在椅子上。

劉夫人：（見狀不耐煩地數落小高，閩南語）唉呦！你把你自己當土地公喔！東西放下來啦！

△　小高忙起身，將竹子與米篩放到一旁。

5　閩南語之「鴿子」讀音近似「粉鳥」二字，故維漢就字面翻譯成國語。

劉夫人：（充當司儀，大聲宣布）**來來來！伴郎請坐！**（小高坐回原位）**新娘子奉茶！**

　　△　芝齡高高捧起茶盤，維漢向前拿起一杯茶就要喝。

劉夫人：（喝止維漢）**你不能喝！男方來迎娶的時候，新郎不可以在現場……**

維漢：（仍狀況外）**啊？**

劉夫人：

　　　　（同時命令維漢）**你出去！**

芝齡：

維漢：（委屈地）**我穿這樣出去？！**

　　△　小高大笑。劉夫人與芝齡一齊瞪著維漢，維漢不情願地朝大門走去，下。

　　△　劉夫人回到原位，威脅地示意小高住嘴，小高忙回復正襟危坐的樣子。

劉夫人：（吩咐芝齡行禮）**阿妹！奉茶！**

　　△　芝齡捧著茶盤，曲膝向小高奉茶。

小高：（依古禮，接過茶，讚美新娘）**新娘子真漂亮！**

劉夫人：（依古禮說吉祥話，閩南語）**漂亮──！吃甜甜，生兒子──**

小高：（喝完茶）**很好喝！**

劉夫人：（應聲，宣布下一個古禮程序）**好喝，好喝……紅包！**

△　芝齡端著茶盤，再度向小高曲膝。

小高： 好！

　△　小高將茶杯放回茶盤上，卻沒有任何動作。芝齡等著小高放紅包。

劉夫人：（提醒小高）紅包！（芝齡再度曲膝）

小高：（狀況外）啊？

劉夫人：（失去耐性，向小高大吼）紅包！你要給我女兒紅包！

　△　小高楞住，芝齡空捧著茶盤等待。

小高：（驚慌失措）⋯⋯紅包沒有準備，因為事情發生得太突然！

　△　芝齡忿忿地甩開茶盤，欲離去。

劉夫人：（攔住芝齡，連忙宣布）開始偷茶杯！（調度眾人）女方的人全部都要迴避！假裝不知道，讓男儐相把茶杯偷走⋯⋯

　△　劉將軍、余大姐自外，上。

余大姐：（笑問劉夫人）劉夫人，這是什麼規矩？

劉夫人：（向余大姐解釋）男儐相偷六個茶杯放在口袋，帶到男方家放在新床底下，表示早生貴子！（劉夫人要眾人迴避，所有人皆背過身去。劉夫人轉吩咐小高）小高，偷六個茶杯放口袋！

小高：（有些為難地應聲）⋯⋯六個茶杯放口袋！

△　　所有人都偷瞄小高。小高緊張地拿起一個茶杯，見所有人都盯著他，又放下。

劉夫人：（忍不住上前催促小高）嘿！偷了放口袋！

小高：（緊張地應聲）偷了放口袋！

△　　眾人再度背過身去，又開始偷瞄小高。小高偷到一半，發現眾人仍在看他，又停住。

劉夫人：（催促小高）你偷啊！

△　　芝齡不耐煩地跺腳，劉夫人再度驅策眾人迴避。小高第三度偷茶杯，發現眾人仍在偷看，又停手。

小高：（委屈地）你們都在看，我怎麼偷！？

△　　維漢自大門，奔上。

維漢：（急忙地）媽媽！放在外面的竹子跟米篩被偷了。

劉夫人：（驚慌地罵小高）小高！

小高： 我就知道會被偷！

△　　芝齡走到一旁撿起米篩與竹子。

芝齡：（向眾人展示，失控大喊）那這是什麼！？是什麼！？

△　　眾人尷尬，沉默。

小高：（傻笑）我忘記了──（上前，從芝齡手中接過竹子、米篩）

△　　一片尷尬中，老齊抱著酒自廚房跑上。

老齊：（拉著箱子上的紅繩子）劉夫人，妳們家沒有剪刀呀！

芝齡：（憤怒地吼）我有剪刀！（上前拉起紅繩，用牙齒用力咬斷）

齊伯伯，剪斷了！

老齊：（接過斷繩，結結巴巴地）謝、謝謝妳啊……

劉夫人：（轉向劉將軍，準備下一階段）阿爸，你現在到廚房找
一碗清水，等一下上禮車的時候……

　△　眾人忙亂地準備下一階段，全場各說各話。

維漢：（向眾人大吼）各位各位！請聽到這邊……（眾人靜下
來，看著維漢）誰可以告訴我，我現在要作什麼？

芝齡：（質問維漢，大吼）你想怎樣，想怎樣——！

維漢：（回嘴）什麼想怎樣！？到底什麼時候穿狀元郎，什
麼時候穿禮服，也不交代清楚？我沒有衣服穿！
—— 什麼去法院公證結婚？根本是去法院公
開丟人！

　△　芝齡與維漢對峙，氣氛緊繃，小高忙上前拿下維漢手
中的茶杯。

劉將軍：（在一旁宣布）鳴砲！小高點火，大家去法院丟人
吧！

　△　眾人如夢初醒，回復忙亂狀態。

劉夫人：（向余大姐）扇子！扇子！余大姐——

余大姐：（亂了手腳）對不起！劉夫人！扇子我還沒有買……

小高：（亦向劉夫人喊）劉夫人，我的口袋放不下六個茶杯
喔！

　△　小高雙手高舉茶杯，劉夫人忙上前幫小高塞茶杯。

△　　一片混亂中，龍君自外走上。

余大姐：（責怪龍君）妳怎麼這麼晚才來？龍君？

龍君：（向眾人鞠躬道歉）我睡過頭了，大家對不起⋯⋯（劉
　　　　夫人作勢向龍君索取扇子，龍君猛然想起）啊！我在杭州
　　　　買的檀香扇——

劉夫人：（急）給我！

龍君：忘記帶來了！（劉夫人嘆氣，龍君拉著劉夫人）劉夫人！
　　　　我現在去買扇子！

　　△　　朝外奔下。

　　△　　舞台左側一角，芝齡拾起一把扇子。

芝齡：（向眾人宣布，無奈地笑）扇子在我這裡！（亮出手上的紙扇
　　　　——質問眾人）這是誰去買的扇子？（大吼）誰買的？

　　△　　沒人應聲，沉默。

維漢：沒有人敢承認！

　　△　　芝齡瞪維漢，小高因為情境荒謬又再度大笑。

劉夫人：（不悅地出聲）小高——

　　△　　小高自覺地閉嘴，試圖將杯子塞進褲袋。

劉夫人：（決定跳過「偷茶杯」，命令小高）把杯子放回去！（小高如
　　　　釋重負，將茶杯放回茶盤。劉夫人轉吩咐芝齡）阿妹，妳
　　　　上禮車之後打開窗戶就把扇子往外丟⋯⋯

余大姐：劉夫人，這是什麼意思？

劉夫人：（向余大姐解釋）嫁出去的女兒把扇子丟掉，表示（閩南語）「放性地[6]」──（看著芝齡，語帶雙關地勸告）也就是說把壞脾氣都丟掉啦！（芝齡會意地靜下來）

△　另一旁，維漢索性頂著米篩，手握竹枝，假裝釣魚貌。

芝齡：（再度失控大吼）維漢！你到底在幹什麼！？

△　眾人尷尬。

維漢：（維持釣魚貌，故意賭氣，只對劉夫人回話）媽媽！我現在完全不知道我在幹什麼！

芝齡：（吼維漢）你不想去法院你就講！

劉夫人：（喝令芝齡，閩南語）阿妹！「放性地！」（轉向維漢）維漢！我告訴你。竹子和米篩是進男方家門前蓋在新娘頭上，表示避邪的意思！（向眾人說明，閩南語）這是禮俗啦！意思是說當天新娘最大，但不跟天公爭大……（劉夫人哽咽起來，眾人皆靜下來，芝齡上前拉著劉夫人的手安慰。劉夫人平定情緒，吩咐劉將軍）阿爸去廚房端一碗水，阿妹上禮車之後，你要潑在禮車上。

△　劉將軍起身，余大姐忙自告奮勇。

余大姐：我去！

△　余大姐端起茶盤，往廚房走去，下。

---

6 「性地」，閩南語「脾氣」之意。

△　沉默。

老齊：（提醒劉夫人）劉夫人！劉將軍應該先幫芝齡戴上頭紗。

劉夫人：（吩咐劉將軍）阿爸來給芝齡戴頭紗。

△　芝齡跪在場中央，向劉將軍磕頭行禮。劉將軍幫芝齡戴上頭紗。

△　頭紗一戴好，劉夫人便馬上大吼，打破了離情依依的氣氛。

劉夫人：（邊走邊吼，調度眾人）快點！沒時間啦！余大姊，水給阿爸，等一下潑在禮車上，快點快點……

△　余大姐拿著一碗水自廚房走上，將碗交給劉將軍。紫娟將香爐遞給小高。眾人在舞台各處同時發聲，場面混亂。

芝齡：（大吼）媽！

劉夫人：（轉身看著芝齡）什麼事？

劉將軍： 水太多了，怎麼倒那麼滿？	**紫娟：** 小高，要薰香！
余大姐： 因為我不知道要多大的碗！	**小高：** 這個要怎麼薰？

△　眾人靜默，只有小高慢半拍，仍在討論薰香的方法。

小高：（高舉香爐，在頭上環繞）——所以說是要在頭上繞三圈喔？

劉夫人：（瞪小高）小高！

△　小高乖乖收起香爐，閉嘴。

芝齡：（向劉夫人）阿妹今天就要出嫁了，從早上到現在都沒有好好跟妳說句話……

劉夫人：（問芝齡）要說什麼？！（欲催促眾人出發）

芝齡：（掀開頭紗，向劉夫人）阿妹心裡有很多話不知從何講起？

劉夫人：（閩南語）那就不要說了……

芝齡：（泫然欲泣）阿妹踏出這個家門以後，就不再姓劉了……我對不起妳……！

△　芝齡向劉夫人下跪行禮。

劉夫人：（強忍悲傷，攔阻芝齡）什麼對不起！別講那些！

芝齡：我忘記一件事——

劉夫人：什麼事？

芝齡：（不好意思地）我忘記哭了——

△　劉夫人、芝齡母女二人淚眼相望，劉夫人緩緩走向芝齡，芝齡欲擁抱劉夫人。

劉夫人：（作勢欲擁抱芝齡，情緒卻突然轉折）沒有時間哭了，走了！走了！（催促眾人）全部上禮車！

△　在劉夫人的催促下，眾人往外走。留下維漢與芝齡。

小高：（OS）鳴砲——！

△　鞭炮聲響起，舞台左側閃爍著鞭炮火光。

△　維漢欲往外走，突然又轉身，玩笑地用米篩蓋住芝齡的頭頂。

芝齡：（氣得大吼）清朝人！

維漢：（毫不在意地喚芝齡）避邪！走了！

△　芝齡扶著頭上的米篩，維漢作勢以竹子引導芝齡向外走，燈光漸暗。

△　鞭炮聲持續不停。

S6

初夜

時間：

1949年5月28日。夜。

場景：

老宅。本場次在黑紗幕內呈現。舞台深處置有老宅景片，前一場劉
將軍家的家具照原位留在場上（意謂著老齊在S5幫忙打點芝齡的婚
禮時，回想起自己的新婚初夜，於是今昔場景交融在一起），舞台左
側深處桌上放著一壺喜酒、兩個酒碗。

角色：

惠敏、齊排長。

△　燈光漸亮，天幕投射幽暗的夜色，一輪圓月高懸空中。

△　穿著鳳冠霞披的惠敏在舞台右側桌前靜靜坐著。稍頃，齊排長穿狀元郎服、提著油燈、拿著胡琴，自舞台左側走上。他走向惠敏，替她掀開紅蓋頭。

齊排長： 妳累了就睡吧！？

惠敏： 不累，齊排長，我先換下這身衣裳吧！

齊排長： 沒有關係，穿著吧！

惠敏： 明天還要還給文化宣傳大隊不是？

齊排長： 不要緊，明天再還。

惠敏： 齊排長！多虧巧萍學姐的幫忙，趙營長費盡心思安排咱倆的婚姻。真不知道怎麼報答您？

齊排長： 我什麼都不要！唉！（突然吟起詩）──商女不知亡國恨，隔江猶唱後庭花。

△　投影字幕：

「商女不知亡國恨」「隔江猶唱後庭花」

惠敏： （跟著吟詩）煙籠寒水月籠紗……

△　投影字幕：

「煙籠寒水月籠紗」

齊排長： 啊？

惠敏： 夜泊秦淮近酒家。

△　投影字幕：

「夜泊秦淮近酒家」

齊排長：……不對！

惠敏：不對？這是杜牧的〈泊秦淮[7]〉呀？

齊排長：（連忙改口）對！

惠敏：齊排長為啥想起這句詩詞？

齊排長：（沉重地）昨天，上海也淪陷了。

　△　投影字幕：

「1949年5月27日」

「上海淪陷」

惠敏：（驚訝地）上海也丟了……？（歎息）這場仗要打到什

麼時候？

齊排長：妳可要保密——（輕喚惠敏，確定四下無人，才低聲道）

兩個禮拜以前，我們部隊奉命撤退，聽說端午節

就走。

　△　投影字幕：

「奉命撤退」「端午節就走」

惠敏：（惴惴不安）青島撤退——？去哪裡？！

齊排長：（不確定地，指著遠方某個方向）台灣！

惠敏：台灣在啥地方？到那裡去做啥？啥時候回來？

齊排長：妳跟著部隊走，我們到了台灣不下船，直接到海南

島，我們跟著劉安祺司令官從南邊打上來。

7　晚唐詩人杜牧感懷南唐破國史事的詩作。原詩順序為：「煙籠寒水月籠
　紗，夜泊秦淮近酒家。商女不知亡國恨，隔江猶唱後庭花。」

　　△　　投影字幕：

　　　　「部隊到台灣不下船」「轉進海南島」

　　　　「跟劉安祺從南反攻」

惠敏：（擔憂地）國民黨這麼腐敗……（齊排長忙要惠敏噤聲，

　　　惠敏問齊排長）老百姓的心全向著共產黨，打得贏

　　　這場仗嗎？

齊排長：（堅定地）我們作軍人對國家就是要忠誠！

　　△　　投影字幕：

　　　　「軍人對國家要忠誠」

齊排長：（惠敏還要爭辯，齊排長打斷惠敏）別說哩……妳叫「惠

　　　敏」？

惠敏：是，姓楊！

　　△　　場上傳入胡琴悲淒的曲調。齊排長問起惠敏的出身。

齊排長：妳家在什麼地方？

惠敏：我老家？四平街。

齊排長：四平街？

惠敏：長春，四平街。

齊排長：（喃喃地覆誦）長春，四平街。

惠敏：齊排長去過長春嗎？

齊排長：（搖手）從來沒去過！

惠敏：齊排長，那你老家在哪裡？！

△　投影字幕：

　　「你老家在哪裡」

齊排長：萊陽縣水溝頭六區——

　惠敏：水溝頭六區？

齊排長：呂家埠村。

　惠敏：呂家埠村。

齊排長：小地方……妳去過萊陽縣水溝頭？

　惠敏：（俏皮地學著齊排長的口音）「從來沒去過——」（齊排

　　　　　長、惠敏相視而笑）

　　△　惠敏卸下鳳冠，放到舞台左側深處桌上。齊排長在舞

　　　　台右側桌前折好紅蓋頭。

　惠敏：（憧憬地，邀請齊排長）戰事若能平靜，咱們往西走，

　　　　　齊排長我帶您回我老家看看。

齊排長：（停下手邊的動作，反問惠敏）妳回老家也見不著半個親

　　　　　人……？！

　　△　惠敏輕嘆，倒了兩碗酒，拿在手上。

　惠敏：（沉痛地）咱們不能往西走！

齊排長：對！不能往西走！

　惠敏：（將酒碗遞給齊排長）齊排長，我敬您一杯酒！

齊排長：（接酒，順口吟詩）「勸君更盡一杯酒，西出陽關無故人[8]」。

△　投影字幕：

「勸君更盡一杯酒」「西出陽關無故人」

△　惠敏低頭哭泣。齊排長、惠敏二人相對飲酒。

△　稍頃，惠敏脫下霞披，露出內裡單薄的背心。

齊排長：（見狀，手足無措）妳累了？

惠敏：熱……燒刀子[9]燙我胸口。

齊排長：（不敢正視惠敏，拿起胡琴）我拉一段胡琴給妳聽。

△　投影字幕：

「我給妳拉段胡琴」

惠敏：（阻止齊排長）齊排長，夜深了。您拉胡琴怕能吵著街坊。

齊排長：（聞言，放下胡琴）對！不能拉。

惠敏：您累了吧！？

齊排長：累了……我打地鋪，妳睡床。

△　投影字幕：

「妳睡床我睡地板」

△　齊排長催促惠敏先睡，惠敏在床上躺下。

8　原文出自唐代詩人王維的詩作《送元二使安西》，全詩為「渭城朝雨邑輕塵，客舍青青柳色新。勸君更盡一杯酒，西出陽關無故人。」唐人將此詩加之譜樂，成為著名的送別歌曲〈陽關三疊〉。〈陽關三疊〉原曲在宋朝時亡佚，現今傳唱的〈陽關三疊〉乃後人改編古琴歌而成。

9　產於北方，酒精濃頗高的一種燒（白）酒。

△ 齊排長卸下身上的狀元郎裝扮，最後欲解褲帶，卻解不開。

惠敏：（關心地上前）怎麼了？

齊排長：（吃力地解褲帶）褲腰帶解不開。

△ 投影字幕：
「褲腰帶解不開」

惠敏：要不要我幫忙？

齊排長：（連忙推辭）不用，不用——（自己低頭吃力地拉扯褲帶。又抬頭問惠敏）有沒有剪刀？

△ 投影字幕：
「有沒有剪刀」

惠敏：（不解）要剪刀幹啥？！

齊排長：我剪褲腰帶！

△ 投影字幕：
「剪褲腰帶」

惠敏：（又好氣又好笑）我來幫您解開……

齊排長：好。

△ 兩人尷尬地相對而立，惠敏拽著齊排長的褲頭，扯了幾下都解不開。惠敏蹲下，試圖以嘴咬斷褲帶。

齊排長：（驚慌地拉住惠敏）妳幹什麼？

惠敏：咬斷褲腰帶呀！

齊排長：（連忙退開）算了！我穿著褲頭睡覺吧！

△　　惠敏起身走回床邊，回望齊排長。

齊排長：（向惠敏立正敬禮）妳睡吧！楊小姐！

　　△　　燈光暗。

S7
重逢

時間：

1990年6月6日星期三，午後。

場景：

棧橋賓館（棧橋大飯店之舊址）。圍牆、門廊景片布置與第二場之棧橋大飯店無異，僅有招牌更換。

角色：

芝齡、維漢、老齊、惠敏、雲佩、小紅。

△　黑暗中，鼓板節奏響起。

△　投影字幕：
「1949年6月5日」
「青島大撤退」
「軍民總計約十萬人」

△　燈光漸亮，露出場上的棧橋賓館一景，天幕投射陰沉的天空光影。原棧橋大飯店的門廊現已改掛上用簡體字書寫的「棧橋賓館」招牌，廊柱上投射斑駁的光線。芝齡站在廊下拿著麥克風報導，維漢手持V8攝影機幫她拍攝。

芝齡：齊伯伯說，一九四九年六月五日青島大撤退，創下了撤退作戰中最完善的紀錄，軍民總計大約十萬人！（維漢只顧著拍周遭環境，芝齡生氣地命令維漢）拍我呀！（維漢轉拍芝齡，芝齡重新對著鏡頭報導）全部安全撤退到台灣。記得──

△　投影字幕：
「全部安全撤退台灣」

維漢：（停下來，糾正芝齡）妳要講──「後來憲兵、警察、政府官員、老百姓在基隆碼頭下船。」

芝齡：（連聲附和）對……憲兵、警察、政府官員……

維漢：（繼續教導芝齡）「──只有部隊不准下船，又開到海南島剿共。」

芝齡：（打斷維漢，瞭解貌）好！來！（維漢重新拍攝。芝齡對著鏡頭報導，口誤）後來憲兵跟警察沒有下船——

維漢：（不耐煩地糾正）他們都下船了！

芝齡：（心虛地，繼續報導）後來政府官員沒有下船——

維漢：（不耐煩地糾正）他們也下船了！

芝齡：（不悅地）到底誰沒有下船？

維漢：（大吼）部隊沒有下船！——我來講，妳來拍！

　△　維漢與芝齡交換V8、麥克風。維漢報導，芝齡拍攝。

維漢：（對著鏡頭）正式來噢！記者維漢現在站在棧橋賓館。這裡是青島歷史上最早擁有舞廳的大飯店！一九四九年一月底，齊排長就是在這裡認識楊惠敏——

　△　老齊揹著旅行袋自舞台左側一角，上。維漢忙迎向老齊。

維漢：（拉著齊排長，對著鏡頭報導）齊排長——

芝齡：（打斷維漢）齊排長本人舊地重遊現身說法最忠於歷史，齊伯伯你自己講。

　△　維漢將麥克風遞給老齊。

老齊：（接過麥克風，靦腆地對著鏡頭）講什麼……！？什麼也想不起來哩……

維漢：（趁勢再度接過麥克風，對著鏡頭報導）現在站在記者身邊的就是一生貞潔清廉忠黨愛國的齊伯伯。他老人家誓死效忠先總統蔣公——

芝齡：（打斷維漢）不要講廢話！

維漢：（對著鏡頭，與芝齡吵嘴）——蔣公不要講廢話！？

　△　老齊示意芝齡與維漢繼續拍攝，自己四處看著棧橋賓館外的景色。

維漢：（對著鏡頭重新報導）好！光陰似箭日月如梭——

　△　芝齡為了取景，不停繞著維漢轉圈。維漢為配合鏡頭，只好不停原地打轉。

維漢：（配合鏡頭轉圈，報導）一年以後，一九五〇年四月底部隊又從海南島撤退——

芝齡：（邊移位拍攝，邊下指令）很好，繼續講。

維漢：（配合鏡頭轉圈報導）五月一日海南島正式淪陷，中華民國——（芝齡仍不斷繞圈子，維漢終於受不了，對著鏡頭大吼）中華民國妳不要亂搞！

　△　舞台右側一角，雲佩攙扶著老態龍鍾的惠敏自外走上。中學生打扮的小紅帶著一把傘跟在旁邊，亦上。

　△　芝齡見狀，忙拉老齊與惠敏一行人相見。

　△　當年棧橋大飯店爵士樂團所演奏的〈重逢〉慢板音樂揚起。

　△　老齊猶疑地上前，氣氛凝重。

雲佩：（帶有濃厚的山東口音，以下皆同。雲佩拉著惠敏問）娘！他就是俺爹嗎！？

△　老齊、惠敏相對無語。場上響起一道悶雷聲，天幕投射雷電閃光。

維漢：（煞有其事地對著V8鏡頭報導）感人的時刻即將來臨，雞皮鶴髮的楊惠敏女士臉上只寫了滄桑兩個字——

△　維漢認錯人，誤將麥克風遞給雲佩。雲佩一頭霧水。

芝齡：（忙喚維漢）維漢！你過來！

△　維漢楞楞地退開。芝齡拿起V8拍攝老齊一行人的對話。

雲佩：（上前，激動地抱著老齊哭喊）爹！爹！俺是雲佩！你怎麼現在才回來，可把娘給想死了！（老齊看著惠敏，惠敏不發一語）爹！為什麼你到青島不回家？（老齊低頭拭淚，雲佩看著芝齡、維漢）爹！他們是你現在的兒子、女兒？！（老齊哭泣，不置可否。雲佩激動地上前抱著芝齡）妹妹啊！回來就好！回來就好！（轉抱維漢）弟弟啊！俺是你大姐雲佩啊！（維漢回抱雲佩，跟著哭泣）

芝齡：（在旁打岔）我們不是他的女兒、兒子。

維漢：我們不是。

△　雲佩驚訝地放開維漢。場上響起悶雷。

雲佩：（問維漢）那你哭啥？

維漢：（理直氣壯地）我想哭嘛！（對芝齡）芝齡！拍我的眼淚……

△　芝齡安慰維漢。惠敏走到賓館門廊一角，背轉過身。

雲佩：（轉吩咐小紅）小紅！叫爺爺。

小紅：（猶疑地上前）爺爺！

雲佩：死丫頭！妳哭啊！（搶過小紅的傘，示意她哭泣）

小紅：（被雲佩罵哭）……爺爺！

雲佩：（向老齊介紹）爹！她是你的孫女小紅，七九年生的。

△　小紅哭著走到一旁，惠敏蹣跚地走向前，雲佩忙上前攙扶惠敏。

雲佩：娘！妳說句話吧！

△　雷聲大作。維漢、小紅退到門廊下；芝齡、雲佩忙撐起傘，分別為老齊、惠敏遮雨。

△　天空開始飄落雨滴，隨著以下眾人的對話，雨勢將逐漸增大。

△　惠敏與老齊在雨中對話。

惠敏：齊排長……（老齊作了個敬禮的手勢，惠敏幽幽地問）你會不會跳舞？！

△　投影字幕：
「你會不會跳舞」

雲佩： 爹！娘問你會不會跳舞……？（納悶地問惠敏）娘！妳問跳舞幹啥？

老齊： （音調顫抖地喊）……跳舞不會，原地踏步我會！（老態龍鍾地做起原地踏步的動作）

　△　投影字幕：
　「跳舞不會」
　「原地踏步我會」

雲佩： （向老齊喊話）你在台灣那邊兒結婚了？

芝齡： （幫老齊回話）齊伯伯在台灣沒有結婚！

惠敏： （向老齊哭喊）為什麼八七年台灣開放探親，你不回來？！

　△　投影字幕：
　「87年台灣開放探親」

惠敏： （哭）你現在回來為啥……？我等你這麼多年，我等到了啥……？我怎麼過日子，你問過嗎？

老齊： （無法回答，只能連聲吩咐惠敏）……回去吧！……妳回家去吧！

惠敏： （哭喊）五〇年土改政策，你在啥地方？五一年三反、五反運動，你在啥地方？五七年反右鬥爭、五八年大躍進你在啥地方？六六年文化大革命，你在啥地方？

△　投影字幕：

「50年土改政策」

「51年三反五反運動」

「57年反右鬥爭」

「58年大躍進」

「66年文化大革命」

△　老齊與惠敏在雨中，淚眼相望。

惠敏：（哭）我每天想著你，每天盼著你，差點連這段路都走不過來……（大罵老齊）你也不回家裡看我，你回來幹啥？你不要回來！我當你死了就結了，你不要回來！

雲佩：（陪著惠敏哭泣，向老齊喊話）爹！娘為你吃了一輩子苦，你倒是說兩句話吧！

老齊：（哭著，幾近吶喊）海南島撤退，為什麼妳沒有來？

△　投影字幕：

「海南島撤退」

「為什麼妳沒來」

雲佩：（問惠敏）娘！爹問妳，海南島撤退為啥妳沒有去！？

惠敏：（哭著答）我去了！——

△　投影字幕：

「我去了」

雲佩：（幫著喊）去了！

惠敏：（遙望遠方，作艱難行進貌）──屍橫遍野，我踩著屍體

一步一步往碼頭走，我喊著你的名字！

△　投影字幕：

「屍橫遍野」

「我踩著屍體」

「一步步往碼頭走」

「我喊著你的名字」

雲佩：（幫著喊）娘喊著你的名字！

△　老齊痛心地捶胸頓足。

惠敏：──你聽不見！

△　投影字幕：

「你聽不見」

雲佩：（幫著喊）你聽不見！

惠敏：──船走了！

△　投影字幕：

「船走了」

△　老齊悲痛過度，暈厥過去。維漢、芝齡連忙上前扶老
齊。

△　音樂揚起。大幕落。

──中場休息──

S8

求婚

時間：

1990年6月10日星期日，晚上6點30分。

場景：

西陽關歌廳。

角色：

老齊、咪咪、紫娟、小高、龍君、芝齡、余大姐、大王爺、服務生
甲、乙、歌迷甲、乙。

△　歌星出場樂揚起。

紫娟：（OS）各位嘉賓晚安，感謝您再度光臨「西陽關」歌廳，第一階段節目首先由我紫娟為各位叔叔、伯伯、大嬸、阿姨們服務。現在為您帶來一首旋律優美的悅耳老歌〈我怎能離開你〉。

△　舞台左、右兩側燈光漸亮，老齊撐著傘，在歌廳門口徘徊。歌廳內的觀眾席一片昏暗。

△　〈我怎能離開你〉的前奏響起。紫娟款擺地唱起歌。

△　投影字幕：

〈我怎能離開你〉　　　　　　　　詞：瓊瑤／曲：古月

「問彩雲何處飛　願乘風永追隨

有奇緣能相聚　死亦無悔

我柔情深似海　你痴心可問天

誓相守　長繾綣　歲歲年年

我怎能離開你　我怎能將你棄

你常在我心底　信我莫疑

願兩情常相守　在一處永綢繆

除了你還有誰　和我為偶」

△　紫娟演唱第一段歌曲時，老齊收傘走入歌廳。歌廳內客人稀落，僅有小高、歌迷甲、乙、服務生甲、乙在場。大王爺在舞池一角，隨著紫娟的歌聲，拉著余大姐跳舞。老齊向前，將一個紅包遞給紫娟，紫娟接過，場上響起稀稀落落的掌聲。

△　老齊遞完紅包，旋即又走出歌廳，撐傘走入雨中。黑

紗幕緩緩升起。

△　　小高走向小舞台，遞給紫娟十只攤開成扇狀的大紅包。

△　　西陽關歌廳門口下起雨，老齊撐著傘在雨中佇立。稍
　　　頃，咪咪打著傘，自外走上。

咪咪：（見到老齊，有些驚訝）乾爹！？

老齊：咪咪！我有件事情給妳報告，（向咪咪敬禮）我對妳
　　　的感情……（欲言又止，從口袋中掏出一個首飾盒遞給咪
　　　咪）妳對我很好啊！小東西，拿著吧！

△　　投影字幕：
　　　「妳對我很好」

咪咪：（推拒）不！乾爹！如果你送我禮物，我可以接受。
　　　如果你有別的意思──（頓了一下，推託）我想感情
　　　方面，我們雙方都需要慎重的考慮。

老齊：咪咪，我什麼都沒有，只有一顆心，一顆真心。六
　　　月六號禮拜三下午五點二十分，我在青島和惠敏
　　　見了面，我看著她，想著妳呀！我對妳的感情是
　　　忠心耿耿啊！（取出戒指，拉過咪咪的手）咪咪！我給
　　　妳戴上戒指！

△　　投影字幕：
　　　「我什麼都沒有」「只有一顆真心」
　　　「我和惠敏見了面」
　　　「我看著她想著妳」
　　　「我對妳忠心耿耿」

咪咪：（慌忙推開老齊）不可以！齊大哥！

△　咪咪不小心將戒指打落在地，忙彎身在地上找戒指。
老齊訕訕地站在一旁。

咪咪：乾爹！我真的不能接受你的好意！如果你願意聽我
說句真心話—我、我配不上你！（咪咪轉身逃避）

△　老齊撐著傘，在咪咪身後跪下。

咪咪：（驚訝地）你幹什麼？

老齊：求婚！

咪咪：求婚？（忙催促老齊）乾爹！站起來！你褲子都髒
了，站起來！

老齊：（固執地）妳要是不嫁給我，我就跪在地上不起來，
我天天跪在這裡！

△　投影字幕：
「妳不嫁我我就不起來」
「我天天跪在這裡」

咪咪：乾爹！你不要為難我！？

△　咪咪試圖拉老齊，老齊堅持跪地不起。

△　龍君撐著傘，自外走上，驚訝地見到跪在地上的老齊。

龍君：（驚叫）齊大哥！怎麼跌倒了？

咪咪：（一把拉起老齊，故作若無其事地吩咐龍君）龍君！妳幫齊
大哥找找，他的戒指掉了。

△　咪咪慌忙收傘走入歌廳。龍君留在門口幫老齊找戒指。

132

龍君：（問老齊）多大的戒指？

老齊：不值錢的小東西，不用找了。

　△　投影字幕：

　　　「不值錢的小戒指」

　△　歌迷甲、乙自歌廳內走出，站在門口看雨。服務生乙帶著傘走向歌迷甲、乙。

　△　老齊向歌迷甲、乙熟稔地打聲招呼，收傘走進歌廳，龍君忙跟在老齊身後進歌廳。咪咪原在歌廳內與小高寒暄，見老齊入內，便逕自走向後台。同時，台上的紫娟正好演唱完畢，跟著咪咪一同走向後台，二人下。歌廳內頓時變得冷冷清清，除了老齊與龍君之外，只剩下小高、大王爺與服務生甲。

　△　服務生乙撐傘送歌迷甲、乙出門，三人往外走下。同時，芝齡穿著護士服，撐著傘自外走上。

龍君：（跟在老齊身邊）齊大哥！龍君有一個不情之請——

老齊：（入席坐定）請指教，沒有問題！

　△　服務生甲走向老齊低語，老齊點點頭，服務生甲退開。

龍君：（拉著老齊的手撒嬌）你願意再收一個乾女兒嗎！？我想拜您做乾爹！

老齊：一個乾女兒我都對付不了，兩個我吃不消。

　△　老齊起身欲去。

　△　投影字幕：

　　　「一個對付不了」

　　　「兩個我吃不消」

龍君：（不死心地遊說）齊大哥，哪天有空您請我吃頓飯——

△　老齊笑著搖搖手，走出歌廳門口。

△　龍君往後台，下。服務生甲，亦往後台走下。

△　老齊見到芝齡，撐傘走向芝齡。

芝齡：齊伯伯，維漢的爸媽在一條龍請我們全家吃飯，我爸爸請齊伯伯和小高一定要來作陪客。

老齊：我馬上到——我先去後台和咪咪報告一聲，馬上就到！

△　投影字幕：
「我去後台告訴咪咪」

芝齡：（欲言又止）齊伯伯！你在大陸的太太年輕的時候一定很漂亮！

△　歌廳內，余大姐上台演唱，場上響起模糊的〈小小羊兒要回家〉樂音。

老齊：（頓了一下，向芝齡說）芝齡！妳聽過「昭君出塞」的典故嗎！？

△　投影字幕：
「妳聽過昭君出塞嗎」

芝齡：王昭君帶著琵琶出關的故事？

老齊：王昭君當初進京做西宮妃子，扶助漢王！匈奴單于大興兵馬，進犯中原——妳聽得懂吧！？—— 漢

王初見昭君，驚為天人。他二人山盟海誓！漢王以大局為重，為了江山，捨了美人。昭君帶著琵琶出關和番，她是一片痴心，思憶漢王，朝朝暮暮，黯然神傷。古往今來，多少賢媛淑女，烈婦貞姬，為國忘家，存節忘身？──（感嘆地）她不是王昭君啊！！

△　投影字幕：

「王昭君當初進京」「作西宮妃子」「扶助漢王」

「匈奴單于」「大興兵馬進犯中原」

「漢王初見昭君」「驚為天人」「他二人山盟海誓」

「漢王以大局為重」「為了江山捨了美人」

「昭君帶著琵琶」「出關和番」

「她一片痴心」「朝朝暮暮黯然神傷」

「古往今來多少」「賢媛淑女烈婦貞姬」

「為國忘家存節忘身」「她不是王昭君」

芝齡： 齊伯伯！你不原諒她？

老齊： 我為她守了一輩子忠誠、貞節！我落了個什麼？！

△　投影字幕：

「我為她守了一輩子」「忠誠貞節」

「我落了個什麼」

△　歌廳內，只剩下大王爺陶醉地隨音樂擺動跳舞，余大姐的歌聲轉為高亢。燈光漸暗。余大姐的歌聲漸漸轉

為戰場上的炮火聲。

　　△　　燈光暗。

S9

撤退

時間：

1950年5月1日，黃昏。

場景：

海南島榆林港碼頭。舞台右側有一巨大船頭景片。

角色：

齊排長、營長、難民群、惠敏。

△　砲火聲轟隆。前一場的「我落了個什麼」字幕依然持續在投影幕上。

△　時空拉回1950年5月，國民黨軍隊在海南島碼頭撤退的情境。本場次全程在黑紗幕後呈現。

△　場上閃現一道砲火紅光。稍頃，燈光漸亮，一巨大軍艦景片聳立在碼頭邊，天幕投射黯淡的光芒，場上大雨滂沱。營長、齊排長已在場上，齊排長手中拿著一把機關槍。

營長：（招呼齊排長）齊排長，趕快上船！

△　遠處有炮火光影。

齊排長：（向營長敬禮）報告營長！惠敏還沒有來呀！？

△　投影字幕：
「流亡學生惠敏沒來」

營長：哪個惠敏！？

齊排長：營長給我介紹的惠敏，那個流亡學生還沒有來。

△　場上響起砲擊轟炸聲，一道紅光閃現，營長、齊排長反射性地彎身躲避。舞台左側湧上一群難民，在軍艦前的一方空間裡不斷推擠。

營長：噢……（欲上船）不能再等了！（齊排長還欲爭取時間，營長喝令齊排長）齊排長，撤退！

△　投影字幕：
「齊排長撤退」

△　砲擊聲與火光大作。齊排長、營長彎身躲避。

齊排長：（指著難民）報告營長！還有那麼多難民沒有上船！？

△　投影字幕：

　　「還有難民沒上船」

營長：（看著難民，決定）不讓上！一個都不讓上！難民要是

　　上了船，我們的船就沉了！（又一道砲擊聲、紅光閃

　　現）齊排長！拿你的機槍掃射！

△　投影字幕：

　　「難民上了船」「我們的船就沉了」

　　「拿你的機槍掃射」

齊排長：掃什麼？

營長：（指著難民）掃難民！

△　投影字幕：

　　「掃射難民」

△　齊排長舉著槍，手足無措。

營長：（命令齊排長）齊排長！上船開槍！

△　投影字幕：

　　「齊排長上船開槍」

△　砲擊聲與火光大作。營長自舞台右側，下。

△　齊排長試圖在難民群中搜尋惠敏的身影，但遍尋不

　　著。他無助地握著機關槍，邊走邊退，下。

△　燈光轉換，場燈暗，軍艦變成巨大的黑暗剪影。一束

　　聚光燈打在難民身上，機關槍掃射聲隨之響起，難民

　　以慢動作表現受槍擊、傷亡狀。砲擊聲中，惠敏自舞

台左側跑上。她穿梭在緩緩倒下的難民間，驚惶地尋找齊排長的身影。

△　配合機關槍掃射聲，投影字幕：
「一九四九年五月二十七日」「共軍佔領北黎八所」
「國軍全面撤退」「海南島淪陷」

△　惠敏跑到最前方，身後的難民全數被砲火紅光籠罩，她的聲音被持續不斷的槍砲聲掩蓋，對著觀眾席做出無聲掙扎、大喊的樣子。

△　背景槍砲聲漸漸淡出，稍頃，傳來咪咪清唱〈琴師〉的幽柔歌聲。

△　投影字幕：
「你住在哪裡　要過幾條街
夜空有雨絲飛揚嗎　遙望你背影
總是來不及　在喝醉之前問仔細」

△　場上有如默片畫面，襯著咪咪的歌聲，惠敏在場上不斷無聲地尋找、哭泣著，遠方不斷響起機槍掃射聲。

△　場燈漸暗，軍艦景片緩緩撤下，露出下一場西陽關歌廳內絢爛的小舞台。歌廳樂團演奏〈琴師〉的前奏音樂響起，以下直接轉入S10。

S10

老兵

時間：

1990年6月10日星期日，晚上10點30分。

場景：

西陽關歌廳。

角色：

咪咪、老齊、小高、紫娟、劉將軍、劉夫人、余大姐、阿弟、小余兒。

△ 黑暗中，只有小舞台上的七彩燈泡閃亮著，咪咪隨著伴奏，款款演唱〈琴師〉。

△ 在咪咪的歌聲中，場燈漸亮，歌廳各景片一推上。西陽關歌廳裡，咪咪正在小舞台上表演，觀眾席上只有老齊與小高，小高癱在椅子上昏睡。黑紗幕緩緩升起。

△ 投影字幕：

〈琴師〉　　　　　　　　　　　　　　　　詞／曲：陳昇

「你住在哪裡　要過幾條街

夜空有雨絲飛揚嗎

遠望你背影　總是來不及

在喝醉之前問仔細

今夜的微風吹起我幾許的愁緒

浮動的燭光牽起我一絲的悔意

離別的時候誰唱著心慌的歌曲

彷彿在訴說你不快樂的回憶

如你輕語　琴聲響起　依舊在耳際

我心在虛幻中　同你翱翔　此生永不忘」

△ 老齊在台下，仔細將十只大紅包攤開成扇狀。待咪咪演唱曲畢，老齊走向小舞台，將十只扇狀大紅包遞給咪咪。

咪咪：（高舉紅包）謝謝齊大哥的紅包鼓勵！

△ 老齊向咪咪舉手敬禮，靜止不動。咪咪走下小舞台，逕自向後台走去，自舞台右側下。

△ 稍頃，咪咪換上常服，自舞台右側走上。

△ 咪咪迎向老齊，老齊彷彿從靜止狀態活了過來。老齊因

稍早求婚未果，尷尬地欲離去，咪咪叫住老齊。

咪咪：乾爹！有件事我想跟你商量一下！？

老齊：沒有問題。

咪咪：我媽最近要動手術，需要一點錢週轉。

老齊：多少錢？

咪咪：一百五十萬——（老齊吃驚，咪咪趕緊強調）大手術
！——不方便的話，我找大王爺幫忙！（欲離去）

老齊：（攔住咪咪）方便、方便！我不要利息，妳什麼時候
有錢妳再還——（拉咪咪的手）晚上在門口我對妳
有什麼不禮貌的地方，別放在心上，我跟妳道
歉——（對咪咪敬禮）敬禮！對不起！

△　咪咪與老齊在舞台右側對話的同時，劉將軍、劉夫
人、余大姐邊聊天邊自外走上；阿弟牽著小余兒的手
跟在後面，亦上。劉夫人三人陸續走進歌廳內，咪咪
忙上前相迎。

咪咪：（拉著劉夫人的手熱絡地道歉）劉夫人！我不知道你們今
天晚上請我參加家庭聚會，乾爹剛剛才通知我！

老齊：（在旁幫腔）剛剛才通知咪咪⋯⋯

△　劉夫人醉態可掬，站立不穩，只顧著笑。

△　阿弟與小余兒在歌廳門口親吻，攜手走入歌廳。

△　紫娟提著雨傘與化妝箱自後台走上。

劉將軍：咪咪，妳去忙妳的，我現在要解決小赤佬的家務

事，妳不方便在場！

△　咪咪識相地微笑應聲，從紫娟手中接過化妝箱與雨傘，走出歌廳。余大姐遂跟著咪咪走到歌廳門口閒聊。

△　劉將軍吩咐完咪咪，險些站立不穩，紫娟忙上前攙扶。小高正好醒來，紫娟扶著劉將軍走向小高的位置，小高忙站到一旁讓位。

△　阿弟滿臉不悅地坐在觀眾席的中央，小余兒站在後方。劉夫人對阿弟好言相勸。

劉夫人：（帶著醉意，閩南語）阿弟呀！和余大姐好好講，你對小余兒是真心誠意地談戀愛。

劉將軍：（不悅地打斷劉夫人）噯！妳不要講話！（轉罵阿弟）小赤佬！你和小余兒談戀愛有沒有通過我同意！？有沒有通過余大姐批准！？

△　余大姐走入歌廳門口，與小余兒對峙。咪咪，下。

劉夫人：（拉著余大姐跟阿弟）我是這樣想……阿弟還有六天就要去做兵，他們既然開始了就繼續交往，這樣阿弟當兵的時候心情會比較穩定！

△　劉夫人拉著余大姐傻笑。

劉將軍：（不悅地駁斥劉夫人）當兵就當兵，談什麼兒女私情！？老齊的下場大家都知道……

△　小余兒不悅地走出歌廳，劉夫人忙命阿弟去追。阿弟追到歌廳門口，拉著小余兒低聲勸解。

老齊：（詫異地問劉將軍）我什麼下場？

劉將軍：你的下場……就是悲滄！

老齊：什麼悲滄！？

劉將軍：（毫不客氣地）悲涼、滄桑……！

△　後方傳來劉夫人與余大姐高聲談笑的聲音。

老齊：（不悅地反駁）你酒喝太多了！胡說八道！（指著劉將軍罵）什麼悲滄……你才悲滄！你白髮蒼蒼[10]！

△　小高大笑，劉將軍不悅地喝叱眾人。阿弟帶著小余兒，重新走入歌廳。

劉將軍：（喝叱劉夫人）嗳！妳……！（劉夫人步履不穩地走向前應聲，劉將軍對著劉夫人罵）我在講妳的兒子……我保證小赤佬去部隊報到第二天，小余兒就會兵變，年輕人流行兵變妳懂不懂！？

小余兒：（對劉將軍頂嘴）你憑什麼說我會兵變？！

余大姐：（上前指責小余兒）妳什麼態度！？

△　小余兒與余大姐對峙，沉默。

小余兒：（轉身抱著阿弟，哭著問）你不要管他們上一代講什麼？你只要告訴我你愛不愛我？

余大姐：我警告妳！小余兒，讓大人決定你們的事！

---

10 山東腔中的「悲」、「滄」發音與「白」、「蒼」二字相似，老齊以此諧音反罵劉將軍。

△　劉夫人笑著攔住余大姐。小余兒當著眾人的面親吻阿弟。

劉夫人：（帶著醉意指阿弟、小余兒）喔！你們來看！親起來了⋯⋯

△　劉將軍、老齊尷尬地迴避，余大姐氣憤地瞪著小余兒。

小余兒：（回罵余大姐）妳連我懷孕都不知道⋯⋯妳想為我決定什麼事！？

△　余大姐愣住，沉默。小余兒忿忿地走出歌廳，在歌廳門口哭泣。余大姐欲追出，走到一半又轉身，走到歌廳內一角，背台無語。

小高：（試圖打圓場，傻笑）當兵前趕快辦結婚吧！我自願當男儐相！

△　紫娟聞言，認為小高沒有結婚之意，忿忿地走向後台，自舞台右側下。場中眾人面面相覷。

劉夫人：（轉身怒打阿弟，大罵）夭壽囝仔！你怎麼會手腳那麼快！？

阿弟：（向劉夫人頂嘴，閩南語）問清楚妳再打，小孩又不是我的。

老齊：（問阿弟）說什麼呀！？

阿弟：（頓了一下，反問老齊）齊伯伯，你們來歌廳都是因為喜歡聽老歌，還是另外有目的？！大家心照不

宣！（老齊尷尬地別過頭去，阿弟質問眾人）余大姐每
天陪著你們，從來就不管小余兒，不讓她唸書、
不要她找工作，不給她錢用，她要怎麼活！？

△　眾人無語，沉默。

小余兒：（在門口對著阿弟）我在阿宗麵線[11]——我只等妳一分
鐘！

△　小余兒往外奔去，自舞台左側下。

余大姐：（追出）去哪裡？小余兒！

△　余大姐頹喪地站在門口，失神地看著自己高掛牆上的
海報。

阿弟：（在歌廳內，欲追出）我陪小余兒去內江婦產科！

劉夫人：（攔住阿弟，從皮包內掏出一萬元塞給阿弟）一萬塊應該
夠了！

△　阿弟接過錢，走出歌廳。

余大姐：（拉著阿弟追問）誰的小孩！？

阿弟：妳的姘頭。

老齊：（在歌廳內出聲發問）哪一個？

余大姐：（驚訝地）大王爺！

老齊：他長什麼樣子！？

劉將軍：每天在角落跳舞的老赤佬！我早就知道他不是來

11　西門町知名麵線老店。

聽老歌！

余大姐：（失神地走入歌廳，口中喃喃哼唱老歌歌詞）「如果沒有妳，日子怎麼過？」（向眾人）天地良心，我只說一句話——我能活到今天，就因為我只剩下小余兒！

△　余大姐走出歌廳，抱著阿弟苦澀地大笑了一會，下。

劉夫人：（笑著問劉將軍）阿爸！我想在漢宮樓辦一桌，我們給阿弟餞行啦！

劉將軍：（怒罵）不要管那個小赤佬！

劉夫人：（頓了一下，突然反罵劉將軍，閩南語）……小赤佬也是你生的！（劉將軍揮手不語。劉夫人轉吩咐老齊）老齊！禮拜五請咪咪一起來。

老齊：一定去！

劉夫人：（吩咐小高）小高你帶龍君來。

小高：（向劉夫人解釋）不是龍君是紫娟！我已經收龍君當乾女兒了……

劉夫人：（拉著小高，大聲調笑）真的是乾女兒嗎？！阿弟說對了，大家心照不宣！

△　眾人尷尬，劉夫人恍若未覺，只是一昧地笑著邀請眾人。

劉將軍：（對劉夫人大吼）妳煩不煩？

△　投影字幕：
「你煩不煩」

劉夫人：煩！（突然將手中皮包丟在地上，憤怒地）再煩也是這輩
子！

　△　投影字幕：
　　　「再煩也是這輩子」

　△　劉夫人瞪了劉將軍一會，忿忿地走出歌廳。小高忙追
　　　在後面，將皮包遞給劉夫人。

劉夫人：（拉著阿弟，閩南語）走！回家！

　△　劉夫人與阿弟二人站在門口對望不語。

老齊：（在歌廳內數落劉將軍）老劉，看你氣的……當初打共
　　　產黨你要是那麼氣，早就打贏了！

劉將軍：（不服氣地反問老齊）共產黨跟我有什麼深仇大恨？

小高：（走回歌廳中，連忙應聲）有有有……

老齊：怎麼沒有？

劉將軍：（大發牢騷）我真是搞不清楚，當初我為什麼要被國
　　　民黨騙到這個鬼地方來。

小高：（連聲反駁）不是這樣，不是這樣……

老齊：老劉！五年前說這句話，我一定去告你的密！

劉將軍：你去告！

老齊：蔣經國能抓你去坐牢！

劉將軍：我不怕！

小高：（回想起舊事，打岔）民國四十二年我在東山島被抓去

坐牢——

老齊：（打斷小高）小高！你不說我不提——

劉將軍：（打斷老齊，搶著說）我提！

老齊：（向劉將軍，搶著說）讓我說！（轉向小高）你一提起來我就氣——

劉將軍：（打斷老齊，搶著說）不要氣，我提！

老齊：（向劉將軍，搶著說）讓我說！（轉向小高）民國四十二年你是被共產黨抓的？

小高：（應聲）被共產黨抓去——

老齊：（駁斥小高）你騙誰啊？……我說你是「叛逃」！

△　投影字幕：
　　「我說你是叛逃」

小高：什麼叛逃？！我真的是被共產黨抓的……

老齊：（不理小高）你不要講了！（向劉將軍作勢道別）我回家了。

△　老齊拿起雨傘，忿忿地轉身走出歌廳，遇上劉夫人與阿弟。歌廳內，劉將軍繼續與小高對質。以下，歌廳內與歌廳外兩方人馬的戲劇動作同時進行。

歌廳外	歌廳內
△　老齊見到劉夫人頹然坐在地上。 **老齊：**（招呼劉夫人）還沒走阿？	△　劉將軍一昧質問小高收龍君之事、小高一昧解釋「叛逃」之事，兩人不

150

△　劉夫人笑著起身，向老齊解釋。

劉夫人：（醉態）我等計程車……

老齊：（吩咐阿弟）小心啊，要記車牌號碼……

劉夫人：（笑，搖搖晃晃地跟著吩咐阿弟）記車牌號碼！

老齊：（見劉夫人仍醉酒，勸劉夫人趕緊回家）走吧、走吧！

劉夫人：一定要來喔！

△　老齊應聲。劉夫人與阿弟二人，自舞台左側走下。

△　老齊鞠躬送走劉夫人母子，又走回歌廳內。

斷各說各話。

劉將軍：（質問小高）我問你……

小高：（結結巴巴地解釋）我是陸軍第十九軍四十五師三十五團，第二營第五連第四排的班兵——

劉將軍：你是什麼時候……

小高：民國四十二年七月十六號——

劉將軍：（打斷小高）不對！我是問，你是什麼時候收龍君作乾女兒的？

小高：（仍自顧自說戰爭話題）我們奉令突襲東山島，剛搶灘——

劉將軍：（罵小高）你怎麼不告訴我！？

小高：我現在告訴你，我們剛搶灘還沒有進攻，一個砲彈碎片打中我的左邊耳朵——

劉將軍：（幫腔）——砲彈打到他的耳朵！

小高：醒來的時候就已經躺在中共野戰軍醫院——

劉將軍：（幫腔）他被砲彈打進了醫院！

老齊：（罵小高）當初醒來你就該自殺！

　　△　投影字幕：

　　　　「當初醒來就該自殺」

劉將軍：（幫腔）你就應該自殺！

小高：（不服氣地反問）我為什麼要自殺？

劉將軍：（幫小高反問老齊）他為什麼要自殺？

老齊：（舉起傘，指著小高）你愛不愛國？

　　△　投影字幕：

　　　　「你愛不愛國」

小高： 我愛國呀！

老齊： （罵小高）你要是愛國，你就要有「以國家興亡為己任，置個人死生於度外」的愛國心！你就該自殺！

△　投影字幕：

「以國家興亡為己任」

「置個人死生於度外」

劉將軍： （幫腔）對！愛國就要自殺，自殺才是愛國！

△　紫娟自後台走上，靜靜地看著三人爭執。

小高： （拉著劉將軍解釋）我好幾次都有自殺的衝動，都死沒有成功……

老齊： （罵小高）小高，你自殺沒有誠意！

劉將軍： （幫腔罵小高）沒有誠意！你貪生怕死！

△　小高情急解釋，劉將軍與老齊不斷插嘴，三人各說各話。

小高： 民國六十二年——

（話語重疊）

老齊： （打斷小高）不要講以前了！

小高： 我在大陸被釋放以後——

（話語重疊）

劉將軍： （打斷小高）大家心照不宣！

老齊： （教訓小高）你不該打仗！你怕死！你書唸少了，有沒有聽過「寧為斷頭鬼，不為階下囚」——

小高：（三人同時）我更堅持我的意志，我告訴自己「我要回台灣」！民國七十二年我偷渡回台灣，我非常確定——

劉將軍：（教訓小高）你想龍君為什麼！龍君為什麼拜你作乾爹？

△　面對兩方夾攻，小高不為所動，仍堅定地繼續自陳理念。

小高：這裡是我的家鄉、我的老家——

△　投影字幕：
　　「這裡是我的家鄉」
　　「我的老家」

老齊：（仍罵小高）你醒來以後就該自殺嘛！

劉將軍：（跟著罵小高）……什麼家！？你到現在還是孤家寡人一個，你有什麼家？

紫娟：（出聲打斷眾人）小高！你可以送我回家嗎？！

劉將軍：（迎向紫娟，好聲相勸）乾女兒，不要讓一個不愛國的人送妳回家……乾爹送妳回家！

△　小高想上前辯解，老齊將小高拉到一旁繼續叫罵。紫娟，自舞台右側走下。

老齊：小高，我告訴你，民國三十九年四月底我們部隊在海南島，我連上有一半的兵都叛逃，沒有人敢

打仗，都逃走了……（逼小高認罪）你說你是叛逃
的，你承認你叛逃！你要不承認你叛逃，小心我
揍你！

△　投影字幕：
「我們部隊在海南島」
「連上一半士兵叛逃」
「你承認你是叛逃」
「你不承認我揍你」

△　紫娟提著回家的行囊，走到劉將軍身邊，擔心地看著
眼前的局面。

劉將軍：（興高采烈地向小高說風涼話）他要揍你啦……

老齊：（逼小高）你快說！

小高：（挑釁老齊）要打架！？來啊！誰怕誰！？

老齊：（將雨傘掛到旁邊椅子上）今天就打你這個王八蛋！

小高：來啊！

△　劉將軍向前勸老齊，紫娟拉住小高，場面混亂。

劉將軍：（勸老齊）老齊你別動氣，這小赤佬不值得你打……

小高：（罵老齊）來啊！你打我我就打你……

老齊：（四人同時）（吼劉將軍）老劉你別管我，你回家去！這
是我跟他的事……

紫娟：（左右為難）大家別動氣……

△　眾人混亂叫囂，紫娟突然盯著小高的臉驚叫。

紫娟：齊大哥！劉將軍！小高他流鼻血了！？

　　△　　紫娟忙將小高帶到一旁坐下，幫小高擦鼻血。

劉將軍：（嘲諷小高）你怎麼流鼻血了？還沒有出手，你就流
　　　　鼻血，你真是沒有用！

老齊：（無奈地吩咐紫娟）娟！妳幫他拿毛巾。

紫娟：毛巾……（應聲，欲下）

小高：（攔住紫娟，特意說明）要濕的毛巾。

紫娟：（應聲）濕的……（臨去前，又轉而勸老齊）齊大哥，不
　　　　要生氣！

老齊：（失控大吼）我不生氣！（老齊平靜下來吩咐紫娟）……妳
　　　　去給他拿熱毛巾！

紫娟：熱毛巾？

老齊：熱的……（不甘心地補了一句）拿熱毛巾燙死他！

小高：（仰著頭，傻笑）……我怎麼會流鼻血？

　　△　　燈光漸暗。

S11

初唱

時間：

1990 年 6 月 19 日星期二，晚上 11 點 30 分。

場景：

咪咪家。客廳桌上擺著老齊的胡琴箱，舞台右側桌上擺著一個透明提袋（裡面是小高的枕頭和毛巾）。

角色：

劉將軍、老齊、紫娟、咪咪、芝齡、維漢。

△　　投影字幕：

　　　　「你不要回去」

△　　場燈漸亮，咪咪家臥室亮起，床頭燈亮著；客廳則只
　　　　有微光照明。老齊和劉將軍躺在咪咪床上對話。

老齊：（勸劉將軍）你不要回去！

劉將軍：（向老齊抱怨）老齊！你看我現在生活在台灣算什
　　　　麼？！我吃她的飯、我住她的家、我用她的錢！
　　　　她帶個拖油瓶女兒嫁給我……到如今子不孝妻不
　　　　賢，我早該回上海老家落葉歸根！

老齊：落什麼根？！台灣就是你的根！

△　　投影字幕

　　　　「台灣就是你的根」

劉將軍：（坐起身）我要不是情報局退伍的軍人，早就回大陸
　　　　了……你早晚都要往西走！

老齊：（亦坐起身）我不能往西走！

劉將軍：為什麼？

老齊：（拉過一個枕頭模擬台灣，在上面比畫著方位）你看，這
　　　　是台灣……東、南、西、北，往西幹什麼？！——
　　　　「西出陽關無故人」！我往西走，沒有一個親人！

△　　老齊扔下枕頭，走到一旁。

劉將軍：你在大陸有女兒、還有孫女，你早該一走了之。

老齊：（忿忿地）我沒有女兒、沒有孫女！

△　劉將軍出咪咪房間，走到客廳。老齊順手關上咪咪床前的床頭燈，臥室景燈暗。

劉將軍：（在黑暗的客廳裡徘徊）那個叫雲佩的不是你的女兒！？

△　咪咪房間內重新亮起微弱的燈光，老齊摸索著，出了咪咪房間，亦走到客廳。

老齊：打海南島撤退之後，她說她嫁給了我連上一個叛逃的伙夫兵……（老齊在黑暗中熟門熟路地開了燈，客廳燈光亮起）第二年生下了雲佩，她不是我女兒！

△　投影字幕：
「海南島撤退後」
「她嫁給叛逃伙夫兵」
「第二年雲佩出生」

劉將軍：（驚訝地）民國三十八年五月在青島結婚，民國三十九年五月在海南島撤退——整整一年的相處，你沒有碰過她？！

老齊：（見左右無人，摸著褲襠向劉將軍解釋）你看我這是什麼？我為她守了一輩子，到現在都沒有用過。

△　投影字幕：
「我守了一輩子」
「到今天沒有用過」

劉將軍：（取笑老齊）我就不相信你到現在還是個處男！？

老齊： 真的！我唱給你聽——（唱）「俺有兩支槍，長短不一樣，長的打共匪，短的打姑娘」退——（以手掌模擬性器左右空晃的樣子，向劉將軍自嘲）你看我這個短槍是什麼？我這個短槍⋯⋯「形同虛設」！

△ 投影字幕：

「俺有兩支槍」「長短不一樣」

「長的打共匪」「短的打姑娘」

「形同虛設」

△ 老齊、劉將軍大笑。咪咪、紫娟提著行李箱自內室走上，老齊、劉將軍忙收斂笑聲。

老齊：（拿起舞台右側桌上的手提袋遞給紫娟）娟！小高的東西！

△ 紫娟將行李箱放在地上，接過透明提袋，緊緊抓著不放。

劉將軍：（向咪咪）咪咪，當著妳乾爹面前，我一定要責備妳⋯⋯（痛心地）妳今天早上怎麼可以不參加小高的葬禮？

咪咪：（頓了一下，解釋）我從小就害怕參加葬禮，我很怕哀傷的場面⋯⋯

△ 老齊連忙幫腔，為咪咪排解。紫娟抱著透明提袋迎向劉將軍。

紫娟：（向劉將軍道別）乾爹！對不起！我回花蓮以後一定會寫信給您⋯⋯

△　劉將軍依依不捨地握著紫娟的手。

△　芝齡、維漢自外走上。

維漢：（催促劉將軍）爸爸！計程車在樓下等。

老齊：（招呼劉將軍）我送你下去！

劉將軍： 我要和乾女兒吻別退——（劉將軍走上前，親吻紫娟的額頭）

△　老齊亦煞有其事地走向紫娟。

老齊：（開玩笑地幫紫娟擦乾淨額頭）娟，對不起啊……

△　劉將軍啐了老齊一口，作勢學老齊擺動性器的樣子，老齊反啐劉將軍一口。二人笑鬧著往外走下。

芝齡：（從自己的皮包中拿出一卷錄影帶，遞給紫娟）紫娟！我和維漢在法院公證的錄影帶，妳留作紀念。

維漢： 小高在裡面笑得好開心。

△　咪咪走入自己房間，作勢關燈。臥室景燈暗，咪咪獨自在黑暗的臥室裡徘徊。

芝齡： 我想有些人在生命中也許只出現一次就消失了，不管時間怎麼流動，他在妳的心裡永遠佔據了一個最重要的位子……（悲傷不已）我是說我爸有那麼多好朋友，小高在我生命中最重要的一刻卻只出現過一次。

紫娟： 謝謝芝齡！

芝齡：（握住紫娟的手）我相信妳會很堅強。

△　　芝齡轉身，抱著維漢哭泣。咪咪走出房間。

維漢：（邊安撫芝齡，邊向二女宣布）我知道我不應該講，但是我還是要和妳們分享⋯⋯清朝人要作爸爸了！芝齡懷孕了。

　　△　　芝齡忙阻止維漢，紫娟強忍悲傷，向芝齡道喜。

咪咪：

（同時連聲賀喜）恭喜！

紫娟：

　　△　　芝齡向紫娟道歉貌，帶著維漢走出。二人往外，下。

咪咪：（冷冷地批評）妳看看，死了個小高，劉將軍和老齊他們有一點哀傷嗎？（指著紫娟捧的透明提袋）袋子裡是什麼東西？！

紫娟：我請齊大哥去小高家拿的⋯⋯他的枕頭，還有枕頭上墊的毛巾。

咪咪：（驚訝地）妳不是對小高用真感情，對不對？！

　　△　　沉默。

紫娟：十二歲的時候，我爸爸也是因為一場車禍過世。為了扶養媽媽，我國中畢業就到台北工作，每次回花蓮就覺得家裡好像少了一樣東西——其實是一種味道，丹頂髮蠟條抹在頭髮上油油膩膩的味道。我第一次在小高家過夜，躺在這個枕頭和毛

巾上，我知道這就是我一直在找的味道！丹頂髮蠟條油油膩膩、特殊的化學藥品味道，這就是我爸爸在枕頭上的味道。

△　紫娟依戀地抱著枕頭。

咪咪：（試圖勸紫娟）小高因為一場意外已經走了⋯⋯

紫娟：（突然宣布）我懷孕了。

咪咪：（愣了一下，強自鎮定地命令紫娟）把他拿掉！

紫娟：（情急爭辯）小高在台灣一個親人也沒有！

咪咪：這個孩子也是個意外，妳本來就不想要小孩！

紫娟：我也不想要！可是我現在要把他留下來！

咪咪：（急著解釋）妳只是戀父情結，妳和小高談的根本不是⋯⋯不是愛情！

紫娟：（反問咪咪）妳聽他講過，他不幸在東山島被俘虜！？妳聽他講過，他在大陸農村勞改種田，苟活二十年的過去嗎！？

咪咪：（打斷紫娟）也許他說謊！他捏造了一段歷史、他只是想引起妳的同情！

紫娟：（指責咪咪）乾姐！妳從來不相信任何人的真情，妳對任何人只會說謊話！

△　咪咪與紫娟各自沉浸在自己的情緒中，二人的對話重

疊。

咪咪：（由笑轉哭）我從來就不相信任何人的真情……

紫娟：（哭喊）小高已經走了……

咪咪：（不甘心地哭泣）他媽的！我為什麼要相信那個陳製片？

紫娟：（哀悼小高）他什麼都沒有了……

咪咪：就在我房間那張床上，我被他拍裸照，他竟然跟我勒索……

紫娟：如果我還能為他做什麼？（抱著枕頭，向天哭喊）我願意把他的孩子留下來！

　△　咪咪與紫娟二人對泣，沉默。

咪咪：（平復情緒，問紫娟）妳媽媽怎麼辦！？

紫娟：（反問咪咪）妳怎麼辦？

　△　咪咪無語。老齊走上。

老齊：（問紫娟）還沒走？

紫娟：齊大哥！對不起！我剛要走！（抱著枕頭、提起行李箱，欲往外下）

老齊：（送紫娟，叮囑）再見！娟！妳想我就給我打電話，不要寫信啊！

　△　紫娟朝外走下。留下老齊與咪咪各立客廳一角。

老齊：咪咪！我打算今天晚上住在妳這裡──

　△　投影字幕：

「我打算今晚住這裡」

咪咪：（打斷老齊）乾爹！幾天前我跟你提的錢……（老齊愣了一下，咪咪催促）錢！？

老齊：（滿口應聲）錢！帶了，帶了……（走到舞台右側桌前，拿起自己的提袋）我講信用，沒有問題！

　△　投影字幕：

「我講信用沒有問題」

咪咪：（試圖對老齊坦承）幾個禮拜前一位叫陳製片的，你大概對他沒什麼印象，那一天劉將軍在我房間高血壓昏倒──

　△　老齊沒有細聽，只是忙著從提袋中拿出一個牛皮紙袋。

老齊：（打斷咪咪，從紙袋中掏出一張支票遞向咪咪）妳看看，這是一百萬！

咪咪：（接過支票檢視）一百萬，支票！？

老齊：（從袋中掏出一疊鈔票交給咪咪）五十萬。

咪咪：（接過鈔票）現金！？

老齊：（交代咪咪）一共是一百五十萬……沒有問題！什麼時候有錢就還，沒有錢不要還，沒問題！

△　投影字幕：

「有錢妳再還」

△　咪咪還想解釋，老齊連聲阻止咪咪。

老齊：（喃喃吩咐）沒有問題⋯⋯（轉問）今天晚上，我點了〈王昭君〉妳沒有唱？

△　投影字幕：

「我點了王昭君妳沒唱」

咪咪：（將支票、鈔票收進牛皮紙袋中）別的客人也點歌，我先唱新客人的歌。

老齊：對！反正老客人跑不掉。

△　投影字幕：

「老客人跑不掉」

△　咪咪走向舞台右側桌前，幫老齊收提袋，準備送客。老齊卻拿出胡琴，在客廳桌前坐下。

老齊：（開始調音，準備拉琴）我給妳拉上一段，妳唱唱！

咪咪：（背對著老齊，頭也不回）乾爹！現在時間很晚了——

老齊：（仍自顧自地調音）——我愛聽！

咪咪：（轉向老齊，堅定地）時間真的很晚了——

△　老齊與咪咪對望，沉默。

老齊：（失望地）很晚了？不能拉？

△　咪咪連忙應聲，老齊悵然地收起琴，咪咪鬆了一口氣。

老齊：（起身吩咐咪咪）我不拉，妳清唱——

　　　　「我不拉妳清唱」

咪咪：（推辭，走到一旁）晚上嗓子不太好……（強笑，問老齊）

　　　　怎麼老是想聽〈王昭君〉？

老齊：愛聽，這幾天特別愛聽！妳知道漢王跟昭君的故

　　　　事？說漢王跟昭君他們兩個從來沒有見過面，第

　　　　一次見面就情定終生——

　　△　投影字幕：

　　　　「漢王昭君從未見面」

咪咪：（不耐煩地打斷老齊）乾爹！那只是一個故事，一個神

　　　　話！

　　△　投影字幕：

　　　　「只是一個神話」

老齊：（應聲）對！一個神話……（老齊作勢欲離去，卻又不死

　　　　心地拉胡琴伴奏，口中哼著胡琴曲調，示意咪咪唱歌）咚

　　　　咚——咚咚——二、三、唱！

　　△　咪咪勉強開口唱歌。

咪咪：（拖長音調，唱）「王昭君——」

　　△　咪咪突然打斷老齊。

咪咪：對不起，我唱不下去！

　　△　咪咪背轉過身，疲倦地低著頭。

△　半晌，老齊走向咪咪，緩緩地自背後抱住咪咪，閉上眼睛。胡琴演奏〈王昭君〉的悠揚聲調揚起。

咪咪：（僵硬地喊了一聲）**乾爹！**（從老齊懷中抽身）**怎麼啦？**

老齊：（維持著擁抱咪咪的姿勢）**頭有點昏——**

咪咪：你累了……

老齊：哎！我累了！今天晚上我就在妳的房間——

△　投影字幕：

　　「今晚我想睡妳房間」

咪咪：（大聲打斷老齊）**你該回去了！**

△　投影字幕：

　　「你該回去了」

△　沉默。

老齊：（停頓半晌，靜靜地說）**對！該回去了！**

△　老齊轉身走開，咪咪欲幫老齊拿穿外套，老齊一把搶過外套，咪咪將錢收進房間。

△　咪咪走出房間，老齊穿上外套。老齊對咪咪敬了個軍人禮，默默在客廳桌前收胡琴。咪咪走到舞台右側桌前，幫老齊收提袋。

老齊：（邊收胡琴，突然說）**——咪咪！我這一輩子沒有求過什麼人！？我想求妳一件事情。**

△　投影字幕：

　　「我一輩子沒求過人」「我想求妳一件事」

咪咪：（走向老齊）什麼事！？

△　老齊緩緩解開褲腰帶，脫下褲子。咪咪驚訝地後退幾
　　步。

老齊：（拉起咪咪的手，作勢放在自己的褲襠上）**妳不要害怕！**

△　投影字幕：
　　「妳不要害怕」

咪咪：（驚慌地）**做什麼？**

老齊：（老齊緩緩高舉雙手，含淚哀求咪咪撫摸自己的私處）**妳摸一**
　　摸──

△　沉默半晌，咪咪猛然抽手退開。

△　老齊高舉雙手、褪下褲子，老淚縱橫地站在客廳中央。

咪咪：乾爹！── 為什麼你還不回去？！

△　投影字幕：
　　「為什麼你還不回去」

△　燈光漸暗。

△　爵士樂團演奏老歌〈如果沒有你〉前奏揚起。

S12

舊夢

時間：

1990年6月19日星期二，深夜。

場景：

老齊彌留之際的幻境。咪咪家家具、床鋪等道具仍留在場上。西陽
關歌廳小舞台自舞台右側推上。

角色：

全體演員，包含昔日棧橋大飯店舞客、以及今日老齊所有好友。

△　黑暗中響起余大姐的歌聲。

△　投影字幕：

〈如果沒有你〉　　　　　　　　　詞：陸麗／曲：莊宏

「如果沒有你　日子怎麼過

我的心也碎　我的事都不能做

如果沒有你　日子怎麼過

反正腸已斷　我就只能去闖禍

我不管天多麼高　更不管地多麼厚

只要有你伴著我　我的命就為你而活

如果沒有你　日子怎麼過

你快靠近我　一起建立新生活」

△　歌曲進行中，燈光漸亮，西陽關歌廳小舞台景推上。場上呈現老齊腦海中諸多回憶交雜在一起的畫面：昔日在棧橋大飯店舞廳情景、今日西陽關歌廳浮華場面、再加上咪咪家。場上燈光昏暗，暗色霓虹燈光流轉。余大姐正在小舞台上演唱老歌，老齊的故友一一走上，在場中配對共舞：昔日棧橋大飯店裡的男女舞客、劉將軍與劉夫人、芝齡與維漢、阿弟與小余兒……等。咪咪落單，在人群中作尋覓狀。在眾人的身影中，老齊自舞台右側一角走上，一盞聚光燈打在他身上。

△　當小高出現，老齊愧疚地對他雙掌合十道歉，小高隨後即與紫娟配對共舞。

△　老齊穿過眾人跳舞的身影，走到咪咪床邊，疲倦地坐下。

△　女學生裝扮的惠敏在舞台右側一角出現。老齊開心地迎上前去，向惠敏一鞠躬，兩人正欲共舞，演唱卻在此時結束，場上一片靜默，眾人靜止不動。

△　惠敏彷彿從夢中驚醒，抽身走開。老齊與惠敏未曾共舞便擦身而過。

△　老齊走向舞台右側一角，轉身回望舞台左側。隨著老齊的視線，舞台左側亦亮起一盞聚光燈，光圈內，惠敏與咪咪並肩站在一起。場上揚起胡琴的悠揚旋律，舞台左側燈光暗。

△　舞台左側，聚光燈重新亮起，惠敏與咪咪皆背轉過身，二人同向老齊回眸一笑，燈光很快暗下。舞台右側，老齊尋覓般地對著空氣抬起手，泫然欲泣。

△　舞台左側聚光燈三度亮起，此次，咪咪頭也不回地走開，只留下惠敏對著老齊回身招手微笑，舞台左側燈暗。老齊老淚縱橫，維持著招手姿態回應惠敏，靜止不動。

△　燈光漸暗，場上響起救護車聲、〈王昭君〉伴奏的胡琴聲以及變調的〈琴師〉演奏樂。

S13

終唱

時間：

1990年6月20日星期三，黃昏。

場景：

病房。舞台左側設病房景片，病房內置一床、一椅；舞台中央，背景懸掛著西陽關歌廳內的華麗帷幔；舞台右側降下棧橋大飯店的懸吊景片。

角色：

老齊、劉將軍、劉夫人、芝齡、咪咪、惠敏。

△　燈光漸亮，場上是病房一角。

△　老齊躺在病床上，動也不動；劉將軍坐在床邊呼喚老齊；劉夫人立在一旁，凝視著他們。

劉將軍：（拉著老齊的手）老齊呀！你聽的到我講話嗎？！

△　老齊沒有反應。

劉將軍：（放下老齊的手，大模大樣地喚劉夫人）嘜！妳去打電話叫咪咪來！

△　以下，劉夫人說話同時，西陽關歌廳鑲嵌著七彩燈泡的華麗帷幕漸漸浮現、又漸漸消失在黑暗中。

劉夫人：（情緒爆發）「嘜」！？我有名有姓你叫誰「嘜」！？民國五十六年五月二十八號在台北三軍軍官俱樂部我嫁給你那天晚上到今天你只會叫我「嘜」！你嫌我以前是個酒家女身份低賤你就不應該娶我，幫你生一個兒子你完全不把他放在心上，他去關東橋[12]你也不去送他！阿弟如果是條狗，他回家你也該摸摸他的頭啊！（劉將軍揮手，作勢不想理會劉夫人。劉夫人繼續悲憤地罵）……民國六十九年七月一號，從你退伍第一天就跑去西陽關聽歌，一聽就聽十年，十年裡你至少收過二十個乾女兒，每一個乾女兒你都把她們疼得像親生女兒，

12　新竹關東橋新訓中心，曾為北部規模最大的新兵訓練基地，原址現已改建為新竹科學園區。

阿妹呢？！她訂婚那天去漢宮樓叫你去換禮服也不去換，叫你給維漢一個紅包你說沒有準備……在西陽關聽十年歌，你給過那些乾女兒幾千個紅包！？阿妹兩歲三個月就跟著你長大，她真的把你當作親生父親！老齊回大陸探親，阿妹她懷孕了，是我不要她去，她說一定要代表你陪齊伯伯回大陸，就怕齊伯伯身體勞累沒人照顧！十天前走了一個小高，老齊現在躺在那裡，全身像個大冰棒，完全沒有溫度……（劉將軍看著老齊，默然無語）阿爸！他們走了都是命，你一定要撐住，你還有我們在陪你呀！阿爸！你絕對不可以和他們走啊！

△　芝齡穿著護士服，自外走上。

劉將軍：（疲倦地）我現在不想跟妳吵架！

劉夫人：（將藥遞給劉將軍）吃藥了！

劉將軍：（不願接藥）趕快打電話叫咪咪來！

劉夫人：打過了啦！咪咪說她有事不要來啦！

△　劉將軍一陣咳嗽，接過藥。芝齡走到老齊床邊察看情況。

劉夫人：（問芝齡，閩南語）阿妹！清朝人要來了嗎？

芝齡：（向劉夫人）他還在澎湖，剛上飛機。（轉問劉將軍）

爸！齊伯伯叫什麼名字？

劉將軍：（訝異地）維漢和妳陪老齊回過大陸，妳應該看過他的護照、台胞證啊？！

  芝齡：沒看見，齊伯伯出境、入境都是他自己過海關！

  △ 劉將軍看著老齊，默然不答。

劉夫人：（上前催促）女兒在問你齊大哥叫什麼名字？！

劉將軍：（不耐煩地）我正在想嘛！

  △ 劉夫人、芝齡訝異不已，劉將軍苦思貌。

  △ 咪咪提著老齊的袋子與胡琴，自舞台右側一角緩緩走上，她的背後投射一盞昏黃的燈光。

  △ 劉將軍想不起來。

劉夫人：

        （異口同聲數落劉將軍）認識都五年了，連名字都想不起來！？

  芝齡：

劉將軍：我們平常都叫他老齊、老齊嘛！哪有人連名帶姓的叫……！？

  芝齡：（問劉將軍）爸，你說齊伯伯都六十歲了，還是處男？……聽起來像是一個神話！

劉將軍：想當年國民黨有四百三十萬軍隊，共產黨只有一百二十萬軍隊，敵寡我眾，戰爭一開打，打

不了幾年，九百六十萬平方公里的大陸全部淪

陷——這才是天底下最荒謬的神話！

　△　劉將軍長嘆一聲，劉夫人瞥見咪咪來訪。

劉夫人：（驚喜地）咪咪！妳不是有事不能來？

劉將軍：（斥責劉夫人）人都來了，還有什麼事？！

　△　劉家三人迎上前去，咪咪將胡琴、手提袋遞給眾人。

咪咪：這是乾爹的東西……

芝齡：找找看有沒有齊伯伯的身份證……

　△　芝齡幫忙接過胡琴、劉將軍接過手提袋，開始翻找。

　△　床上的老齊在恍惚中聽見咪咪的聲音，朝咪咪的方向
　　　微弱地舉起一隻手，但其他人並未留意。

劉將軍：（翻找了一陣，頹然放棄）老齊這個糊塗蛋！連一張戰

士授田證都沒有！？

　△　芝齡、劉夫人接手翻找袋子。

咪咪：（將一個牛皮紙袋交給劉將軍）這是乾爹的錢——

劉將軍：（示意咪咪收下錢）老齊一生的積蓄交給妳，他放心！

妳媽媽不是要開刀嗎？

咪咪：（猶豫了一下，坦承）我媽媽不在台灣。

劉夫人：（疑惑地）不在台灣怎麼開刀？！

　△　咪咪尷尬無語。另一角，芝齡見老齊微微地動了，連
　　　忙呼喚劉將軍。

芝齡： 爸……！

△　劉夫人上前，與芝齡七手八腳地扶老齊坐起身。

劉將軍：（走向老齊，喜悅地呼喚）老齊啊！你乾女兒咪咪來看

　　　　你啦！

△　劉將軍坐在床邊，在劉將軍的攙扶下，老齊努力地直

　　　起身子。

△　咪咪猶豫著不敢上前，劉夫人拉著咪咪走向老齊。

劉夫人：（強顏歡笑）乾女兒還是乾女兒，她真有孝心……

劉將軍：（亦笑）老齊這個小赤佬！我跟他講話他裝聽不

　　　　見！？乾女兒來了馬上起床！（調侃老齊）你真是

　　　　重色輕友！老齊！

劉夫人：（連忙附和）對對，重色輕友！

△　老齊眼睛半睜半閉，恍恍惚惚，虛弱地搖手微笑。

劉將軍：（數落劉夫人）啐！

劉夫人：（改口）——不是，是重友輕色！（笑著，吩咐咪咪）咪

　　　　咪！妳留下來陪陪妳乾爹！

△　劉夫人拉咪咪坐在床邊，老齊閉著眼睛，微笑地握著

　　　劉將軍的手。劉夫人、芝齡退到一邊。

劉將軍： 咪咪！他是漢王，妳是王昭君——

咪咪：（情急澄清）我不是！

劉將軍： 妳不是王昭君——？（指著老齊）我說他比王昭君還

　　　　王昭君！

△　芝齡、劉夫人陸續自舞台右側下。

△　劉將軍握著藥袋，起身離去。咪咪欲跟著離去，劉將軍攔住咪咪。

劉將軍：咪咪！妳既然來了，就多陪陪他……這個小赤佬，他不行了！

△　咪咪緩緩走回床邊。老齊坐在床上，神情恍惚。

咪咪：乾爹！我從來沒有想過要騙你——我很需要這筆錢，我是被陳製片勒索，這筆錢一定會還給你！（老齊虛弱地舉手阻止咪咪再說下去）我知道我這陣子過的非常混亂，我不是你心目中那種善良、純真的女孩子、我也不是您在大陸的妻子楊惠敏——

△　劉將軍站在舞台右側靜靜地看著老齊，老齊一直維持著舉手的神態，劉將軍遠遠對著老齊揮手道別。劉將軍向老齊一鞠躬，自舞台右側下。

咪咪：（下定決心，擺出在西陽關歌廳演唱的架勢為老齊獻唱）現在是西陽關歌廳嘉賓齊大哥點唱〈王昭君〉……（咪咪顫抖著，老齊衰弱地作勢拍手）咪咪唱的不好，還請齊大哥多多指教——（老齊顫抖著，擺出拉胡琴的樣子。咪咪哽咽，唱）「王昭君，悶坐雕鞍，思憶漢皇——」

△　咪咪唱著唱著突然泣不成聲。

△　投影字幕：

「王昭君」「悶坐雕鞍思憶漢皇」

△　老齊高舉的雙手突然落下，他正襟危坐地斷了氣。

咪咪：（發現異樣，試探性地喚老齊）**乾爹！？……乾爹！？**

（老齊不動，咪咪走向老齊，輕輕拍著老齊）**乾爹！？**

△　咪咪一碰，老齊的屍體便倒在床上，〈王昭君〉快版前
奏揚起，燈光驟然暗下，咪咪恐懼地退開。

△　黯淡的光線中，惠敏頭戴鳳冠、身穿紅霞披、百褶裙
自舞台左側走上。病房內牆景片緩緩撤下，露出西陽
關歌廳華麗的帳幔；西陽關歌廳七彩閃爍的的小舞台
亦緩緩推到場中央。

△　在〈王昭君〉的鼓板節奏中，咪咪向外走去。惠敏走到
小舞台前，與咪咪互望一眼。咪咪自舞台右側走下。

△　一盞聚光燈打在老齊病床上，老齊起身走到床邊坐在
椅子上，彷彿在歌廳裡聆賞演出。惠敏站上小舞台演
唱〈王昭君〉。

△　投影字幕如下：

〈王昭君〉　　　　　　　　　　　　　　　　詞／曲：佚名

「陽關初唱　往事難忘

琵琶一疊　回首望故國　河山總斷腸

憶家庭景況　椿萱恩重　棣萼情長　遠別家鄉

舊夢前塵　前塵舊夢　空惆悵

陽關再唱　觸景神傷」

琵琶二疊　凝眸望野草　閑花驛路長

問天涯茫茫　平沙雁落　大道霜寒　胡地風光

膽水殘山　殘山膽水　無心賞

　　　　陽關終唱　後事淒涼

　　　　琵琶三疊　前途望生事　飄零付渺茫

　　　　祝君王無恙　魂歸漢地　目睹朝陽　久後思量

　　　　地老天長　天長地老　常懷想

　　　　一曲琵琶恨正長」

△　　惠敏曲畢，老齊起身走向惠敏。遠方響起槍砲聲，老齊從懷中掏出十只疊成扇形的白包獻給惠敏。惠敏欣然接過白包，高高展示；老齊向惠敏舉手行軍人禮，兩人靜止不動。

△　　投影字幕：

　　　「他生於」「1930 年 12 月 30 日」

　　　「歿於」「1990 年 6 月 20 日」

　　　「老兵永不死」

　　　「只是漸凋零」

　　　「他是　齊平關」

△　　槍砲聲中，大幕緩緩落下。

───全劇終───

附錄

關於李國修

Hugh K.S. Lee (1955.12.30～)

生平與創作

　　李國修集劇團創辦人與經營者、劇作家、導演、演員於一身，第一屆國家文化藝術基金會文藝獎戲劇類得主及多項戲劇獲獎紀錄。迄今原創編導三十齣叫好又叫座的大型舞台劇。而個人演出超過百種角色，舞台表演逾千場，是當代華人劇壇深具成就的全方位戲劇藝術家。

　　祖籍山東萊陽的李國修，1955年生於台北市中華路鐵道旁違章建築，成長於西門町的中華商場，畢業於世界新專廣播電視科。1980年加入「蘭陵劇坊」受到吳靜吉博士的啟發，獲得劇場養分，並因參與電視節目《綜藝100》短劇演出，在1982年獲「第十七屆金鐘獎最具潛力戲劇演員獎」，進而成為家喻戶曉的喜劇演員。1986年成立「屏風表演班」，一路堅持原創，搬演台灣這片土地上的生命故事，使屏風成為華人地區重要的演出團隊。

李國修認為劇作家是靠著生命、情感和記憶來創作。因此，他身為外省第二代、以戰後兩岸分隔的歷史事實，為父執輩編導出關於老兵對家鄉思念的故事《西出陽關》，並以劇中「老齊」一角，被媒體評譽為「最接近卓別林高度的演出」。

引發台灣劇評讚譽最多的《京戲啟示錄》，是李國修為自己做京戲戲鞋的父親而寫。李父家訓「人，一輩子能做好一件事情，就功德圓滿了。」更成為李國修的座右銘。戲劇專家評譽「李國修以個人生命經驗，觸動集體記憶之海」、「《京戲啟示錄》可說是有如神助，場面調度在這齣戲裡靈活到了極點」、「它亦喜亦悲，悲喜交迸，充盈著時代風雨與人生際遇，蘊蓄著歷史厚度與生活實感」；「《京戲啟示錄》最明顯的符號就是戲鞋和中華商場，這對新一代的我們來說，已經成為一種文化遺產」等。此劇啟發無數觀眾對人生追求的意義，成為華人劇壇的榮耀之作。

李國修從尋根到定根，繼而為母親創作《女兒紅》，表達對母親的追憶，也是他對個人的生命旅程與家族歷史，做的一場最深沈告白。影評人聞天祥稱李國修是用舞台說故事的大師，能把家庭點滴化為時代縮影，跨越了性別的侷限，展現炫目的時空魔法以及永不嫌多的情感與寬容。李國修也為兒子創作魔術奇幻劇《鬆緊地帶》、為女兒創作《六義幫》等。

李國修並不是一個有特定風格、特定形式的編劇，他喜歡用不同的體裁、不同的形式來創作，每個作品都以不同的

主題進行探索。如他創作的「風屏三部曲」系列《半里長城》、《莎姆雷特》、《京戲啟示錄》，藉戲中戲的形式，探究劇場與人生之間的微妙關係。國際作家陳玉慧分析，李國修擅長解構主義，能將台灣社會現象及小市民心理，處理成悲喜交加的戲劇文本，也是台灣劇場創作者中最精闢於解構之道的人。

李國修也針對時事，以戲劇角度反映社會現象，如《救國株式會社》、《三人行不行I~V》城市喜劇系列。而對現代男女複雜的情愛關係，他也提出獨特的戲劇手法予以詮釋，台灣戲劇學者于善祿稱譽李國修的《婚外信行為》比英國劇作家哈洛品特（Harold Pinter，1930-2008）的《情人》還要深沈，藝術技巧更高超。

為向莎士比亞致敬，李國修將經典悲劇《哈姆雷特》改編成爆笑喜劇《莎姆雷特》。台灣莎士比亞學權威彭鏡禧教授評譽：「李國修用他縝密的頭腦，幾乎是以數學概念在精算《莎姆雷特》每個場次的角色上下進出，將一齣大悲劇顛覆成喜劇，這當中的編劇技巧相當高超。」而改編自陳玉慧原著小說的《徵婚啟事》，探討都會女性的婚姻態度，也挖掘現代男人的寂寞，李國修更在台上一人分飾二十個應徵男子，挑戰表演的極限；此外，李國修也以眷村故事探討庶民記憶，改編原著張大春小說的《我妹妹》，並入選為中國時報年度十大表演藝術。

李國修認為，在這無限想像的劇場黑盒子裡「空間不存在、時間無意義」，他也認為劇場是造夢的場域，因而在許多

作品裡，李國修讓觀眾對舞台空間有嶄新的視覺體驗。1994年《西出陽關》舞台上呈現磅礴大雨的視覺特效；2002年《北極之光》的雪地極光幻化場面；2003年《女兒紅》百位演員同台、爆破場面震撼人心；2005年《好色奇男子》三千顆燈泡，營造萬點星光搖曳生輝的壯闊場景；2008年《六義幫》全劇超過五十個場次、一百一十五個角色，全場不暗燈，舞台呈現電影蒙太奇般的場景流動。

此外，李國修的戲劇文本繁複巧妙，不但角色人物面貌多端，而情節內容更是幾條主線同時進行，最後在重疊相交時，戲劇張力便達到不可預期之最高潮。所以，李國修獨特的舞台劇風格，總能在觀眾笑聲中抓緊時代脈搏，在娛樂中顯現省思的功能。

李國修對劇場的熱情不僅止於反應在屏風表演班的作品上，他對於提攜演員，更是不遺餘力。其中表現傑出的有：郭子乾（第卅八屆金鐘獎最佳主持人）、曾國城（第四十一屆金鐘獎最佳主持人）、楊麗音（第四十一屆金鐘獎最佳女主角）、林美秀（第四十六屆金鐘獎迷你劇集最佳女主角）、樊光耀（第四十屆金鐘獎單元劇最佳男主角）、萬芳（第卅九屆金鐘獎最佳女主角）、黃嘉千（第四十四屆金鐘獎最佳女配角）等，這不僅使李國修成為金鐘獎頒獎典禮上，最多得獎者感謝的對象外，更讓「屏風表演班」等於「屏風鍍金班」的名號不脛而走。

近年來，李國修致力深耕表演藝術，曾至台北藝術大學、台灣大學、靜宜大學、台南大學開設專業戲劇課程，也受

邀至政治大學、中山大學、成功大學、東華大學、海洋大學、世新大學、清雲科技大學等校擔任駐校藝術家，並走訪各地進行超過千場以上的表演藝術講座。

　　李國修的作品記錄台灣環境的變遷與時代流轉，為這片土地留下了豐富的戲劇人文面貌。他以戲劇表達對生活的態度、生命的情感，亦期待觀賞者能從中獲得自我省思，這即是李國修致力推動的劇場理念 ──「看戲修心，演戲修行」。

重要獲獎記錄

　　1997年，獲頒「第一屆國家文化藝術基金會文藝獎戲劇類」得主。

　　1997年，以《三人行不行》系列劇本創作獲頒「第三屆巫永福文學獎」。

　　1999年，由紐約市文化局、林肯中心、美華藝術協會共同頒予「第十九屆亞洲傑出藝人金獎」。

　　2006年，由台北市文化局頒予「第十屆台北文化獎」。

　　2011年，以《京戲啟示錄》劇本創作獲頒「第卅四屆吳三連文學獎戲劇劇本類」得主。

　　2012年，由上海現代戲劇谷「壹戲劇大賞」頒予「戲劇精神傳承獎」。

其他出版作品

2004年，《人生鳥鳥》，台北：未來書城。

2011年，與妻子王月共同出版《119父母》，台北：平安出版社。

屏風表演班
一個台灣的藝術奇蹟

　　1986年10月6日，當時家喻戶曉的電視喜劇演員李國修，因早年出身劇場仍不忘對舞台的熱愛，藉「一群戲子伶人，無處不劇場，甚以屏風界分為台前台後，都可經由台上的演出，反映台下的生活」為草創理念，成立了屏風表演班。團長李國修將自家位於台北景美十坪地下室的房間作為排練場，在狹小空間裡，演員常常走位時，不小心走上了床，踩上了書桌……

　　屏風表演班第一個創團作品《1812＆某種演出》就是在這種拮据的環境下排練出來的。這齣戲在演出結束後，只有七十六個人留下了他們的資料，成為第一批的屏風之友。回首廿餘年漫長的劇場路，屏風之友的人數已逾十五萬人次，觀賞過屏風作品的觀眾，更是已超過一百四十二萬人次。

屏風作品的多元特色

　　屏風表演班共發表四十回作品，演出類型涵蓋喜劇、悲劇、或融合傳統京劇、流行歌舞、魔術科幻等戲劇形式，呈現

多元風貌；關懷層面遍及人際關係、歷史探索、老兵議題、政治情勢、民生現況、家庭情感等生活息息相關的社會議題。

在藝術總監李國修的帶領下，屏風的作品富有嚴謹的結構與解構手法、多重時空的跳躍敘事、演員一人分飾多角表演的豐富性，以及講究多變佈景的舞台美學等，造就屏風作品呈現不同於其他劇團演出形式的最大特色。

此外，屏風表演班並有「系列作品」的創建，其中包括《三人行不行》I～V城市系列作品；風屏劇團三部曲《半里長城》、《莎姆雷特》、《京戲啟示錄》；以及社會議題系列《民國76備忘錄》、《民國78備忘錄》、《西出陽關》、《救國株式會社》；家變系列《黑夜白賊》、《也無風也無雨》、《我妹妹》；兩性關懷系列：《徵婚啟事》、《未曾相識》、《婚外信行為》、《昨夜星辰》；台灣成長系列《港都又落雨》、《蟬》、《北極之光》、《六義幫》等。

而為長期營運的考量之下，屏風規劃每五年為一期，推出屏風「定目劇」的定期巡演。將屏風歷年叫好叫座的好戲，每隔五年，重新賦予新意，讓未曾看過屏風作品的觀眾感受經典的魅力，也讓看過的朋友再次感動回味。1988年首演的《西出陽關》於1994年重製演出，是屏風表演班第一齣以定目劇形式巡演的經典劇碼。

劇場永續經營的先行者

屏風表演班以建制全職專業劇團為目標,以永續經營為理念,以推廣表演藝術為己任。在藝術總監李國修的堅持下,每年至少推出兩部作品,內容為全新創作或定目劇經典再現。維持團務常態性運作和製作新戲的經費,百分之九十二來自票房收入,其他由文化部、國家文化藝術基金會、各縣市文化局處等的贊助。屏風已是台灣少數能「以戲養戲」自食其力的劇團。

為促進藝術交流多元化,屏風表演班於1996年首創民間劇團主辦演劇祭,連辦五屆(1996~2001年)獨立出資邀請香港進念‧二十面體、新加坡必要劇場、日本Pappa TARAHUMARA劇團等抵台演出,同時也提供演出經費給予有潛力的國內表演團體(如:莎士比亞的妹妹們的劇團、台北曲藝團、神色舞形舞團等)。一方面活絡台灣表演藝術環境,另一方面,亦促成對國際藝文交流的貢獻。

除各城市劇場的大型演出之外,屏風也不定期舉辦各種與戲劇相關的活動,致力藝文推廣。2007年開始,以「小戲大作」之概念,將歷年受歡迎的經典小劇場劇碼,推行至各大校園、機關團體與公司行號,在各地常態性巡演。爾後,更精緻化推出「藝饗巴士」專案系列活動,結合演講、表演課程、藝術行銷講座、劇場幕後導覽等戲劇延伸活動,建構大眾與藝術之間的互動橋樑。

屏風出品，台灣驕傲

全球化來臨的時代，屏風堅信「local is global」的概念，以心用情寫台灣這塊土地上的人事景物情，在作品中反應社會現象，掌握城市脈動，以台灣人的觀點與創意來詮釋這個世界，讓屏風的作品更兼具現代與本土兩種特色，成為華人地區重要的演出團隊。

第十七回作品《救國株式會社》受邀前往紐約，屏風於1992年初次踏上世界舞台，在僑界掀起一陣狂瀾；1994年《莎姆雷特》應上海現代人劇社邀請參加「一九九四上海第二屆國際莎劇節」，成為台灣第一個在大陸登台的現代劇團；1995年《半里長城》與洛杉磯華人戲劇社團「伶倫劇坊」合作，這是第一個在台美兩地同步演出的劇目。

1996年《莎姆雷特》受邀至世界五大古蹟劇場之一的加拿大多倫多「安省國家劇院」演出，成為第一個登陸加國的台灣劇團；同年，《半里長城》再受香港市政局主辦之「第十六屆亞洲藝術節」邀請，在香港大會堂演出，亦是台灣第一個受邀的現代戲劇團體；2007年，《莎姆雷特》受邀至大陸，參與「第七屆相約北京」演出，票房一掃而空，並獲演出謝幕時，現場全體觀眾起立鼓掌八分半鐘的成績。

2008年初，屏風應北京國家大劇院「開幕國際演出季」之邀請，再度前往演出《莎姆雷特》，成為該院第一個受邀演出

的台灣現代戲劇團體。2010年應上海世博「兩岸城市藝術節－臺北文化周」邀請，以《三人行不行》締造謝幕時全場起立鼓掌長達五分五十八秒記錄，旋即趕赴北京參與「2010京台文化節」巡迴演出。2011年12月，《京戲啟示錄》首度在上海演出，令台下觀眾無一不受其巨大震撼與感動。

2010年11月，屏風表演班改編魯凱族「巴冷傳說」浪漫優美的人蛇戀愛情神話，為「2010臺北國際花卉博覽會定目劇」打造原創魔幻歌舞秀《百合戀》，動員百人，建構台灣第一座升降式水舞台（寬十米、深九米），瞬間轉換地面及湖水場景，不禁令人歎為觀止。《百合戀》連演一百九十六場，創下全台三十萬人次觀賞記錄，成績斐然！

放眼過去，屏風從觀眾席只有一百個座位的小劇場，走上現今的世界舞台，成為台灣當代最具代表性的現代戲劇團體之一，不容忽視的是，屏風作品不僅堅持「台灣製造」，並具有原創性、娛樂性與藝術性，可謂「屏風出品，台灣驕傲」！

時至今日（2013年3月），屏風表演班已陸續完成1,692場次的演出，歷年作品巡迴超過海內外二十二個城市，觀眾人數累積至1,427,782位，這是個驚人的紀錄。在藝文環境未臻成熟的台灣，屏風表演班仍能在作品裡持續展現高度藝術成就與穩定的票房收入，這絕對是一個「台灣的藝術奇蹟」！

李國修戲劇作品集與屏風表演班作品關係表

李國修戲劇作品集出版序號	創作年份	書名/劇名
01	1989	《半里長城》
02	1992	《莎姆雷特》
03	1996	《京戲啟示錄》
04	2003	《女兒紅》
05	1987	《三人行不行Ⅰ》
06	1988	《三人行不行Ⅱ—城市之慌》
07	1993	《三人行不行Ⅲ—OH！三岔口》
08	1997	《三人行不行Ⅳ—長期玩命》
09	1999	《三人行不行Ⅴ—空城狀態》
10	1987	《婚前信行為》
11	1988	《民國76備忘錄》
12	1988	《西出陽關》
13	1988	《沒有我的戲》
14	1989	《民國78備忘錄》
15	1990	《港都又落雨》
16	1991	《救國株式會社》
17	1991	《鬆緊地帶》
18	1991	《蟬》
19	1993	《徵婚啟事》
20	1994	《太平天國》
21	1997	《未曾相識》
22	1999	《我妹妹》
23	2001	《婚外信行為》
24	2002	《北極之光》
25	2005	《好色奇男子》
26	2005	《昨夜星辰》
27	2008	《六義幫》

英文譯名	屏風表演班演出序號
The Half Mile of The Great Wall	第十一回作品
Shamlet	第廿回作品
Apocalypse of Beijing Opera	第廿五回作品
Wedding Memories	第卅四回作品
Part I of Can Three Make It：Not Only You And Me	第三回作品
Part II of Can Three Make It：City Panic	第九回作品
Part III of Can Three Make It：Oh! Three Diverged Paths	第廿一回作品
Part IV of Can Three Make It：Play Hard	第廿七回作品
Part V of Can Three Make It：Empty City	第廿九回作品
Premarital Trust	第二回作品
Memorandum of 1987, Republic of China	第五回作品
Far Away from Home	第六回作品
A Play Without Me	第七回作品
Memorandum of 1989, Republic of China	第十三回作品
Rainy Days in Port City, Again	第十五回作品 暨高雄分團創團作品
Nation Rescue LTD.	第十七回作品
The Twilight Zone—Back to Tang Dynasty	第十八回作品
Cicada	第十九回作品
The Classified	第廿二回作品
The Kingdom of Paradise	第廿三回作品
Are You The One	第廿六回作品
My Kid Sister	第卅回作品
Extra-Marital Correspondence	第卅一回作品
The Aurora Borealis	第卅三回作品
Legend of a lecher	第卅五回作品
Last Night When The Stars Were Bright	第卅六回作品
Stand by Me	第卅八回作品

西出陽關

發行人	李國修
作者	李國修
責任編輯	林佳鋒
美術編輯	北士設計
文字編輯	謝佳純／洪子薇
文字校對	黃毓棠／黃致凱
美術執行	吳宜珊
出版	印刻文學生活雜誌出版有限公司｜INK Literary Monthly Publishing Co., Ltd. 23586新北市中和區中正路800號13F-3 Tel 02-2228-1626 Fax 02-2228-1598 http://www.sudu.cc ink.book@msa.hinet.net
印刷	海王印刷事業股份有限公司
發行	成陽出版股份有限公司 Tel 03-358-9000 Fax 03-355-6521 郵政劃撥 19000691 戶名 成陽出版股份有限公司
港澳總經銷	泛華發行代理有限公司 香港筲箕灣東旺道3號星島新聞集團大廈3樓 Tel 852-2798-2220 Fax 852-2796-5471 http://www.gccd.com.hk
出版日期	2013年5月 初版
定價	NT$ 200

屏風表演班 Ping-Fong Acting Troupe
11661 台北市文山區興隆路四段111號B1
B1,No111,Hsing-Lung Rd.Sec.4,Taipei City 11661,Taiwan
Tel 02-2938-2005 Fax 02-2937-7006
http://www.pingfong.com.tw   pingfong@pingfong.com.tw

國家圖書館出版品預行編目資料

西出陽關／李國修 著
初版－－新北市：INK印刻文學；2013.05
208 面；14.8 × 21 公分--（李國修戲劇作品集；12）
ISBN 978-986-5933-78-4（平裝）
854.6   102004722